# ミ・ト・ン

小川糸 文　平澤まりこ 画

幻冬舎文庫

ミ・ト・ン

もくじ

ミ・ト・ン

本文デザイン　大久保伸子

# 第1章　うまれた日の黒パン

マリカが産声をあげたのは、とても寒い日の朝でした。ナナカマドの実がちょうど真っ赤に色づくころ、おかあさんはマリカを蒸し風呂の中でうみました。

蒸し風呂は、神聖な場所です。神聖な、ということはつまり、精霊たちがたくさんいるということ。精霊は、目に見えることはめったにありませんが、たしかにいる存在なのです。

マリカの誕生を、精霊たちは輪になって宙を舞いながらお祝いしました。

もちろん、マリカの誕生をよろこんだのは、精霊たちだけではありません。

マリカの産声を聞きつけて、まっさきに蒸し風呂の中へやってきたのはおとうさんです。

おとうさんは、声には出さず、目だけでおかあさんにたずねました。するとおかあさんが、穏やかにほほ笑みながら答えます。

「元気のいい、女の赤ちゃんよ」

その声を聞くやいなや、今度はおとうさんの背中にかくれていた三人の息子たちが、目を見ひらいてよろこびました。その様子を、おじいさんとおばあさんは、少しはなれた家の窓から見つめます。

マリカは、この家にやってきた、待望の女の子でした。家族のだれもが、女の赤ちゃんがうまれるのを心待ちにしていたのです。

それにしても、マリカはなんて運の強い子なんでしょう。

家には、おじいさんがいて、おばあさんがいて、おとうさんがいて、おかあさんがいて、お兄さんが三人もいるのです。

家族がたくさんいるというのは、それだけで恵まれているんですよ。だって、みんながマリカを抱っこしたり、あやしたり、あそんだりしてくれるのですから。

マリカが誕生した朝、おばあさんはさっそく、小さなミトンをぬいはじめました。

ルップマイゼ共和国の冬はとてもとても厳しいので、ミトンなしでは生きていけません。色鮮やかな美しいミトンを手にはめることは、この国の人々にとって、大きなよろこびのひとつなのです。だれもが、じまんのミトンを持っています。

そう、マリカがうまれたのは、ルップマイゼ共和国。

ルップマイゼ共和国が誕生したのは、マリカがこの世にうまれるひと月ほど前のことでした。

ですから、ルップマイゼ共和国とマリカは、同い年。

仲よしの同級生といったところです。

もちろん、それまでも長い間ずっと、この土地には人がくらしていました。人々は賢く、正しい行いをし、足ることを知りながらも毎日楽しく生きていました。だから、国という形をとる必要がなかったのです。


うまれて間もないマリカの手に合わせて、おばあさんはちっちゃなミトンをぬいました。マリカの手をそっと包むよう、細くて柔らかい毛糸を使います。

ひとつの色だけを使うので、必要なのは一本の針だけ。基本的にミトンはあむものですが、一本の針の場合は、あむではなくぬうと表現します。

ちなみにこのときに使う針は、ヘラジカの鎖骨を細くけずったもの。先がとんがっていない方の側に、毛糸を通すための穴をあけたものなのです。骨針はとても丈夫なので、使っていて途中で折れてしまうことがありません。

その骨針を使って、おばあさんはきようにミトンをぬいあげます。おばあさんにとって、あみものをすることは、息をすったりはいたりするのと同じくらい、当たり前のことなのです。

おばあさんは、マリカの手のひらをしみじみとながめ、ため息をつきました。

マリカの手は、思わずパクッと食べてしまいたくなるほどに、小さくてかわいいのです。生まれたばかりの赤ちゃんって、こんなに小さかったんですねぇ。おばあさんは、そのことをすっかり忘れていました。

それなのに、それぞれの指にはきちんと爪が生えています。手のひらを裏返せば、さざ波のような指紋だって、ちゃーんと、ひとつの線も忘れることなくきざまれているのです。

おばあさんは、マリカがすぐにはめることができるよう、何度もマリカの手の大きさをたしかめながらミトンをぬいました。もちろん、マリカの手がすぐに大きくなって入らなくなることくらい、わかっています。

けれど、そのたびに新しいミトンを作ればいいだけのこと。おばあさんにとって、ミトンをあむことはよろこびなのです。

おばあさんは、マリカが将来どんな女性になるのだろうと想像しながら、ちっちゃなミトンをぬいました。

マリカがうまれてはじめてはめるミトンのためにおばあさんが選んだのは、真っ赤な毛糸。マリカは、赤い色がとてもよくにあう女の子でした。

おばあさんがマリカのためにミトンをぬう間、おとうさんは三人の息子たちを連れて森に向かいます。

クリスマスツリーにするトウヒの木を切るためです。

どこかでだれかが、落ち葉たきをしているのでしょうか。ひんやりとした秋風の背中にのって、煙のにおいが流れてきます。足元には、色づいた葉っぱやどんぐりがたくさん落ちていて、ところどころに銀色の霜柱もありました。そのため、森一面が銀の粉をふりまいたようにかがやいて見えるのです。

おとうさんは、三人の息子たちを連れて森の中の小道を歩きながら、うまれたばかりの女の子の名前について考えていました。

おとうさんは、自分がそうなので、あまり長ったらしい複雑な響きの名前はつけたくありません。だから娘には、短くて、響きがよく、だれからもすぐに覚えてもらえる、親しみやすい名前をつけたいと思っていたのです。

そんな条件で候補にあがったのが、マリカです。マリカというのは、やさしいおかあさんという意味があり、あたたかな衣をまとった名前でした。

おとうさんの頭の中で、マリカは、すぐに最有力候補となりました。

「赤ちゃんの名前について意見を聞きたいんだけど」

おとうさんは、横を歩く三人の息子たちにたずねます。

「マリカ、っていうのは、どう思うかな？」

「なんだか、寒い日にめずらしく晴れた冬の青空って感じがする」

まっさきに答えたのは、いちばん上の息子でした。

「呼びやすい」と言うのは次男。

「おばあちゃんになっても、大丈夫だね」

そう言ったのは、三男でした。

たしかに、その通りです。名前というのは、一生、その人とともに歩むのですから、赤ん坊や子ども時代だけでなく、うんと年をとったときにどうかということも、考えておかなくてはなりません。それが、親としての責任です。

おとうさんは、もう一度、そのことについて深く考えをめぐらせました。そして、自分の中での結論がまとまると、立ちどまって、息子たちの顔をかわるがわる見ながら、たしかめます。

「妹が、マリカという名前でいいと思う人は手をあげて」

三本の手が、梢のように高くあがりました。最後におとうさんも、手をあげます。

こうしてマリカは、マリカという名前に決まったのです。

響きがよくて、やさしくて、けれどどこか凜としていて、第一とても覚えやすい名前です。

マリカに、これ以上ふさわしい名前はありません。

気がつくと、四人はずいぶんと森の奥まで来ていました。そろそろ、切りたおすトウヒを選ばなくてはなりません。ルップマイゼ共和国では、クリスマスツリーにするトウヒを、ひと家族で一本だけなら、切ってもよいとされているのです。

逆にいうと、どんなに家族がたくさんいても、いくらお金を持っていても、二本切ることは許されません。絶対に、一家に一本だけなのです。

昔からトウヒは、ルップマイゼ共和国にとって、なくてはならない重要な木でした。モミの木に似ていますが、少し違います。トウヒは、モミの木よりもずっと大きく育つ木で、松ぼっくりが縦に長い形をしているのです。

本当なら、もう少し早く森に来て、トウヒを切っていなければいけませんでした。けれどおとうさんは、マリカが無事に生まれるか心配で、家をはなれることができなかったのです。

おとうさんと三人の息子たちは、森の奥にあるとびきり大きなトウヒを選びました。

幹のまわりに、おかあさんがおってくれたきれいな織りひもを結び、四人で祈りをささげます。

木には、神さまが住んでいるのです。木を切るということは、その神さまの住まいをうばうということ。だから、木を切るときは必ず織りひもを結んで、木の神さまにありがとうの気持ちを伝えます。感謝の気持ちをちゃんと神さまに届けてからでないと、木を切ってはなりません。

四人は無事、それぞれの言葉でお祈りを終えました。

おとうさんは、厳粛な気持ちで、トウヒの根元にノコギリの刃を当てます。木がなるべく痛がらないよう、上手に切らなくてはいけません。ルップマイゼ共和国の男性なら、だれもがおとうさんと同じようにすばやく木を切ることができます。

トウヒは、ミシミシと音を立てながら、最後は地面にひれふすようにゆっくりとたおれました。それを、今度は力を合わせて四人で家まではこびます。

いちばん上のお兄さんは十歳、まんなかのお兄さんは八歳、いちばん下のお兄さんは七歳です。おとうさんと息子三人、全員の年を合わせると、ちょうど六十歳になります。

歩いて帰る途中、おとうさんは、足元にクルミの実が落ちているのに気づきました。すでに、だれかが先に来てひろったのでしょう。ざっと見たところ、クルミはひと粒しかありません。

ふとひらめいて、おとうさんは休憩がてら足をとめ、息子たちにクイズを出しました。

「このクルミを、兄弟三人でみんなが納得するように分けるには、どうしたらいい？」

実はこれ、ルップマイゼ共和国に古くから伝わるたとえ話なのです。おとうさんも、子ど

ものときにおとうさんから教わりました。

「年の順に分ける」

そう答えたのは、まんなかの息子でした。

「いちばん上の兄さんがいちばん体が大きいからいちばん多く食べて、いちばん下の弟はいちばん体が小さいからいちばん少なくて、僕はそのまんなかくらいの量を食べる」

なるほど、とほかの兄弟たちは思いました。けれど、おとうさんはほかにも答えを求めます。

「全員に等しく分ける！」

下の息子が、はつらつとした声で言いました。つまり、年齢や体の大きさに関係なく、三分の一ずつ分ける、ということです。

「それは、平等ということだね。でも、ここで大事なのは、正義なんだよ」

おとうさんは、ちょっとむずかしい言葉を使います。すると、ずっと黙っていたいちばん上の息子が、しずかな声で話しはじめました。

「いちばん下の弟に、たくさん食べさせるんだ。だってまだ小さいから。それで、まんなかの子は少しだけ。いちばん上の兄は、がまんして食べない」

長男は、このクイズを前にもやったことがあったのです。けれど、答えは忘れてしまっていました。

それは、いかにも弟思いの長男らしい考え方でした。おとうさんは、そんな彼の頭をそっとなでながら付け足します。

「がまんはしなくてもいいよ。いちばん上のお兄さんだって、ちょっとは食べたいだろ？でも、正義っていうのは、だいたいそういうことだ」

三人は、深くうなずきました。なんとなくですが、「平等」と「正義」の違いがわかったのです。正義というのは、それぞれの役割を果たすということなのかもしれません。ルップマイゼ共和国は、正義を重んじるお国柄なのです。

四人は、ふたたび家をめざして歩きだしました。つまずかないようかけ声をかけながら、いっしょうけんめいトウヒをはこびます。

おとうさんは先頭に立って、いちばん重い根元の方を持ちました。いちばん上のお兄さんは、まだ力の足りない弟たちの分まで、精いっぱいかつぎます。

背中には、汗が流れていました。

けれど、そんなときにふと空を見あげて大きく息をすいこむと、体の奥にさわやかな風が吹きぬけて、元気になります。森の精霊たちが、力を与えてくれるのです。

みんながきちんと約束事を守ってきたので、ルップマイゼ共和国にはまだまだ森がたくさんありました。森には、宝物が眠っています。その宝物は、人間だけのものではありません。森の幸は動物たちみんなにとっての財産なので、むやみに傷つけたり、うばったりしてはいけないのです。

ルップマイゼ共和国の森というのは、本当に豊かで、清らかな場所でした。すがすがしい気配に満ちていて、そこに一歩でも足をふみこめば、みんなが目を閉じて深呼吸したくなるのです。

怒っていた人が笑顔になり、心配事をかかえていた人も、まぁなんとかなるかなと、明るい方へ心を向けることができるようになります。喧嘩をしていた夫婦だって、森に入れば手をつないで歩きたくなってしまうのです。

大きな木も小さな木も、若い木もお年寄りの木も、草も花も鳥たちも、決して来る人を拒まず、広い心で受け入れてくれるのが、ルップマイゼ共和国の森でした。

おとうさんと三人の息子たちが森に行っている間、おかあさんは暖炉でパンを焼きはじめました。みんなの好きな、黒パンです。

ルップマイゼ共和国の人々にとって、黒パンは特別な食べ物。

なにしろ、遠い外国へ行くときも、旅行鞄の中に黒パンをしのばせて旅するほどですから。

黒パンを食べるということは、自分がルップマイゼ共和国の国民である証のようなものなのです。この国の人々にとって、黒パンを食べない人生など、ありえません。

マリカのおかあさんは、パン作りの名人でした。

おかあさんはおかあさんから、おかあさんのおかあさんもおかあさんから、パンの作り方を教わりました。そうやって代々、パンこね桶とともに受けついできたのです。

ですからルップマイゼ共和国では、百年前も、千年前も、基本的には同じ味のパンを食べ、同じような暮らし方をしています。

黒パンというのは、その名の通り、見た目が黒いパンのことです。正直、真っ黒けです。けれど、こげてしまったからではありません。それは、ライ麦という粉をふんだんに使っているから。一見かたそうですが、中はふわふわと柔らかく、口に含むとほんのり甘い味が広がります。

魅惑的な香りの正体は、姫ウイキョウの種です。ルップマイゼ共和国の黒パンには、姫ウイキョウの種が欠かせません。これが、おいしさの秘訣なのです。

おかあさんが今しがた暖炉に入れた黒パンの生地は、ゆうべのうちにしこんでおいたものでした。そのとき、マリカはまだ、おかあさんのおなかの中。

ただ、もうそろそろ外に出ようともがいていたので、おかあさんは、マリカがおなかの中で動くたびにじっとして、マリカが落ち着くと、またパン作りにとりかかっていたのです。

黒パンの作り方は、こんな感じです。

ライ麦の粉と姫ウイキョウの種をまぜたら、そこへお湯を注ぎます。軽くまぜ、パン生地が風邪をひかないようあたたかい毛布などをかけて、ひと晩、生地を休ませます。こうすることで、パンがじっくりと育つのです。

パン生地をしこんだ後、おかあさんはすぐに蒸し風呂の中に移動しました。

ルップマイゼ共和国に暮らす人々の家には、たいてい、庭に蒸し風呂があります。木で作られた小さな小屋で、中央には熱い石を入れるためのバケツが置かれ、バケツを囲むようにして椅子が並んでいます。

ふだんは、その熱々の石に水をかけて蒸気を起こし、白樺の葉っぱで体をはたきながら、体の中のめぐりをよくしていくのです。

蒸し風呂の中は、寒すぎず、暑すぎず、ちょうどよい温かさになっていました。おとうさんが、おかあさんのために温度を調節してくれたからです。これなら、安心して赤ちゃんを産めます。かたわらには、井戸水を入れた水差しと、コップも用意されていました。

おかあさんは、ゆっくりと体を動かしながら、毛布のしかれた長椅子の上に横たわりました。おかあさんにとっては、人生で四度目の出産です。なれているとはいえ、やっぱり元気な赤ちゃんの顔を見るまでは、気が気でなりません。

時計の針は、もうそろそろ十二時をすぎます。蒸し風呂につけられた小さな明かり取りの窓から、月の光がこぼれます。どこかから、フクロウの鳴く声が聞こえてきました。

また、陣痛の波がやってきました。おなかの中の赤ちゃんを外の世界に送り出すという作業は、とても痛くて、おかあさんは歯をくいしばってその苦しみにたえなくてはいけないのです。

おかあさんは、思わずうめき声をあげました。体から、汗が流れます。当たり前のことですが、人間も、動物なのです。赤ちゃんを産むとき、おかあさんは動物にもどるのです。

「がんばって」

おかあさんは、おなかの中のマリカに話しかけました。

おかあさんだけがんばっても、赤ちゃんだけがんばってもうまくいかず、ふたりが力を合わせてようやく、赤ちゃんは外の世界を見ることができるといわれています。

おとうさんと結婚したとき、おかあさんは、子どもをたくさん産んで、にぎやかな家庭を作りたいと思いました。もちろん、子どもが三人いる今も、じゅうぶん幸せです。けれど、子どもが四人になったら、もっともっと幸せになれます。

おかあさんは、そのことを考えながら、最後の力をふりしぼりました。

蒸し風呂の外にまで、獣のようなおたけびが響きます。けれど、そんなことを気にしている場合ではありません。今まさに、おかあさんの体から、マリカが出ようとしているのです。マリカもまた、必死でした。

すーっと、おかあさんの体が軽くなったと感じた瞬間、足の間に生あたたかい感触が広がりました。外は、すでにうっすら白んでいます。おかあさんが、手をのばして両手で柔らかなかたまりを取りあげると、マリカははじめて産声をあげました。

最初はたよりなかった産声が、次第に強く、たくましくなっていきます。

こうして、パン生地が発酵する間、おかあさんはひと晩かけて、マリカをうみおとしたのです。そして今朝、おかあさんは生まれたばかりのマリカにおちちをあげてから、ふたたび黒パン作りにとりかかったというわけです。

ついさっき赤ちゃんをうんだばかりだというのに、おかあさんはなんて働き者なんでしょう。じっとしていることができない性分なのだから、仕方がありません。

マリカをあやしながら、おかあさんはパン生地の中に、パンこね桶に残っているかすを加えます。このかすは、代々、パンこね桶とともに受けつがれてきたもので、このかすのおかげで、パンはふくらむことができるのです。

だから、パンこね桶は、一家にとって大切な宝。このパンこね桶がなかったら、おいしいパンを焼くことができません。

かすを加えたら、ふたたびパン生地をあたたかい場所に置いて、気持ちよく発酵させてあげます。赤ちゃんみたいに、パン生地もまた、あやしてあげるのです。そうすると、パン生地はきげんがよくなって、おいしいパンに育つというわけです。

パン生地をあやす間、おかあさんは、マリカに子守歌を聞かせます。その子守歌を、ときどき、パン生地にも歌ってあげることがあるのですが、それは、おかあさんだけのひみつ。もしかすると、おかあさんが焼くパンが絶品なのは、子守歌のおかげなのかもしれません。

そうしている間にも、パン生地は、気分よく発酵します。そこへ、粉と塩を足して力いっぱいこねると、立派なパン生地が完成するのです。パン生地は、柔らかさといい温もりといい、やっぱり赤ちゃんそっくりです。

「アムス・クラート！」（ただいま）

おとうさんが玄関のドアを開けると、こうばしいパンの香りにやさしく抱きしめられました。この香りをかぐと、おとうさんはいつだって、おさなかったころを思い出します。

外から帰って、家の中にパンを焼く香りが広がっていると、それだけで満ち足りた気分になったものです。今でも、その気持ちは少しもかわることがありません。

マリカは、おじいさんが用意してくれたヤナギの枝であんだベビーベッドで、すやすやとねていました。今日からここが、マリカの寝床です。

ヤナギのベッドに毛布をととのえながら、おじいさんは昔のことを思い出して懐かしくなりました。これは、マリカのおとうさんがうまれたとき、自分で作ったベビーベッド。そのベッドでおとうさんは赤ん坊時代を過ごし、おとうさんの三人の息子たちもまた、赤ん坊時代を過ごしたのです。

おばあさんは、暖炉のそばで熱心にマリカのミトンをぬっています。

おかあさんは、パンを焼いています。

おとうさんは、家の中心にトウヒを立てかけました。

となると、おじいさんもじっとしているわけにはいきません。マリカがごはんを食べられるようになったときのために、木の器をこしらえました。

おじいさんは、若いころ、木工職人をしていたのです。だから、家にあるながもちも、テーブルも、椅子も、スプーンやフォークにいたるまで、すべて、おじいさんの手作りです。

でも最近は、あまり木工のしごとをしていませんでした。

久しぶりにしごと道具を手にしたおじいさんの目は、いきいきとかがやいています。

その横で、三人のお兄さんたちが、森からもらってきたトウヒに、かざりをつけます。お兄さんたちは、マリカをよろこばせようと、麦の穂に糸を通して、小さなかざりをたくさん作りました。それを、トウヒの枝につるします。

それは、あるひとりの心やさしい少年が起こした行動がきっかけでした。

あるとき、一本のトウヒが切りたおされていたのです。だれかが暖炉の薪にするために切った木でした。

けれど、心やさしい少年は、木がかわいそうだからと、自分の大切なおもちゃを枝にかけてあげたのです。木を切りたおした人は、それを見て薪にするのをあきらめ、ほかにもかざりをつけたとのこと。こうして、クリスマスツリーにかざりをつける文化が誕生したのです。

お兄さんたちは、かわいい妹をよろこばせたくて、とびきりすてきなクリスマスツリーを作ろうと夢中です。

最後に木につけたろうそくの数は八本。家族の人数分でした。

さてと、昼食の準備がととのいました。暖炉の中から、焼きたての黒パンが登場します。食卓には、ごちそうが勢ぞろいです。といっても、今は冬。新鮮なお魚も、野菜もくだものもありません。

それでも、おかあさんはマリカの誕生を祝福し、あるもので精いっぱい料理を作りました。

あたたかい赤えんどう豆のサラダに、羊のミルクに小麦粉をまぜて作ったお団子のスープ、山羊のチーズ、豚のあぶらに川カマスの燻製。

中でも、焼きたてのパンにまさるごちそうはありません。

おかあさんは、マリカの人生がよきものになることを祈って、黒パンの表面にライマの文様を作っていました。ライマとは、運命をつかさどる女の神さまで、人々に幸運をもたらすと信じられています。文様には、白パンの生地を使いました。

マリカには、うんと長生きして、幸せになってほしい。

それが、おかあさんや、家族みんなからの願いでした。

その黒パンを、いちばん下のお兄さんから、手でちぎっていただきます。

パンをひとくち食べると、みんな、魔法がかかったようなうっとりした表情になりました。

おかあさんが焼いてくれるパンは、いくら食べても、おいしいのです。やっぱり、おかあさんの作る黒パンは絶品でした。

家族みんなが仲よく黒パンを食べていると、いちばん下のお兄さんが、立ちあがってヤナギのベッドに近づきました。手には、黒パンのかけらを持っています。お兄さんはそれを、マリカの鼻に近づけました。まだ黒パンを食べることのできないマリカに、香りだけでもかがせてあげようと思ったのです。

香りをかいだとたん、マリカのほっぺたがゆるみました。なんだか、笑っているみたいです。その表情を見ながら、おかあさんは言いました。

「マリカは、きっと将来、食いしん坊になりますね」

その言葉を聞いて、みんながクスクス笑います。

食事を食べるテーブルは神さまの手のひらで、パンはそのごちそうです。ひとつのパンを分け合って食べるということは、みんなが仲よしになるということ。パンが、家族をより親密にしてくれるのです。

# 第2章　お祝いのシマコーフカ

一家が長い昼食を楽しんでいると、うわさを聞きつけたおとなりさんが、さっそく夫婦そろってマリカに会いにきました。

「アップスヴェイツ！」（おめでとう）

満面の笑みを浮かべ、おとうさんに花を差し出します。

それは、一本のツバキの花。こんな季節に、どうやってこれほどまでにつややかな美しい花を手に入れてくれたのでしょう。ルップマイゼ共和国では、うれしいときも、悲しいときも、花をおくって相手に気持ちを届けるのです。

おかあさんは、すぐにそのツバキを水差しにいけました。灰色の風景に、鮮やかな色が飛びこみます。

そうと決まれば、シマコーフカの出番です。

外国の人は、これをお酒と呼ぶかもしれません。けれど、ルップマイゼ共和国の人々にとって、シマコーフカはれっきとしたお薬です。アルコール度数のうんと高い、飲むとよっぱらっていい気分にしてくれる薬草酒なのです。

「アップスヴェイツ！」

まずは、おばあさんからシマコーフカを飲み干します。おばあさんは、シマコーフカに目がありません。家のだれよりも、強いのです。

ガラスの盃になみなみと注ぎ、飲み干したらとなりの人に渡します。そうやってグルグルと盃をまわして、三周します。

場合によっては、三周などといわず、もっともっと、永遠に盃がまわることもあります。

ひと月ほど前、ルップマイゼ共和国が誕生した日が、まさにそうでした。人々は歓声をあげ、歌いながら、おどりながら、手に花束をかかげて建国をよろこんだのです。

今日は、三人のお兄さんも、ほんの少し、なめるようにシマコーフカを味見しました。お薬ですから。でもさすがにアルコールが強すぎて、おばあさんのようには飲めません。カーッと、のど元がやけどしたように熱くなります。

おかあさんは、シマコーフカを一杯だけ飲んでから、台所に立ってとっておきのソーセージを出してきました。ヘラジカの肉をハンノキで燻製した、最高にすばらしいソーセージです。

ルップマイゼ共和国では、お客さまには家の中でもっとも上等のものをお出しするのです。これが、この国におけるおもてなしの心です。

おかあさんは、そのソーセージを木の枝にさして、暖炉の火であぶります。長い眠りからゆっくりと覚ましてあげるように、ときどき向きをかえながら、時間をかけて火を通すのです。

家の中には、えもいわれぬ悩ましい香りが立ちこめました。たえきれず、おとうさんとおじいさんは、もう一度ビールで乾杯します。

「アップスヴェイツ！」

みんなが、いっそう陽気になりました。

楽しい気分が伝わったのか、数時間前にうまれたばかりのマリカまで、なんだか楽しそうに、手や足を動かします。

そこにいる全員が、かわるがわるヤナギのベッドのそばに行き、マリカの顔をのぞきこみました。

ほっぺたは、パン生地のようにふっわふわ。

目のまわりには、なでしこの花びらみたいに、まつげがびっしりと生えています。

くちびるは熟れたコケモモのように真っ赤で、ミルク色の肌はすけるようでした。

そんなマリカを見ているだけで、だれもが幸せになり、幸せすぎて、なんだか泣きたくなってしまうのです。

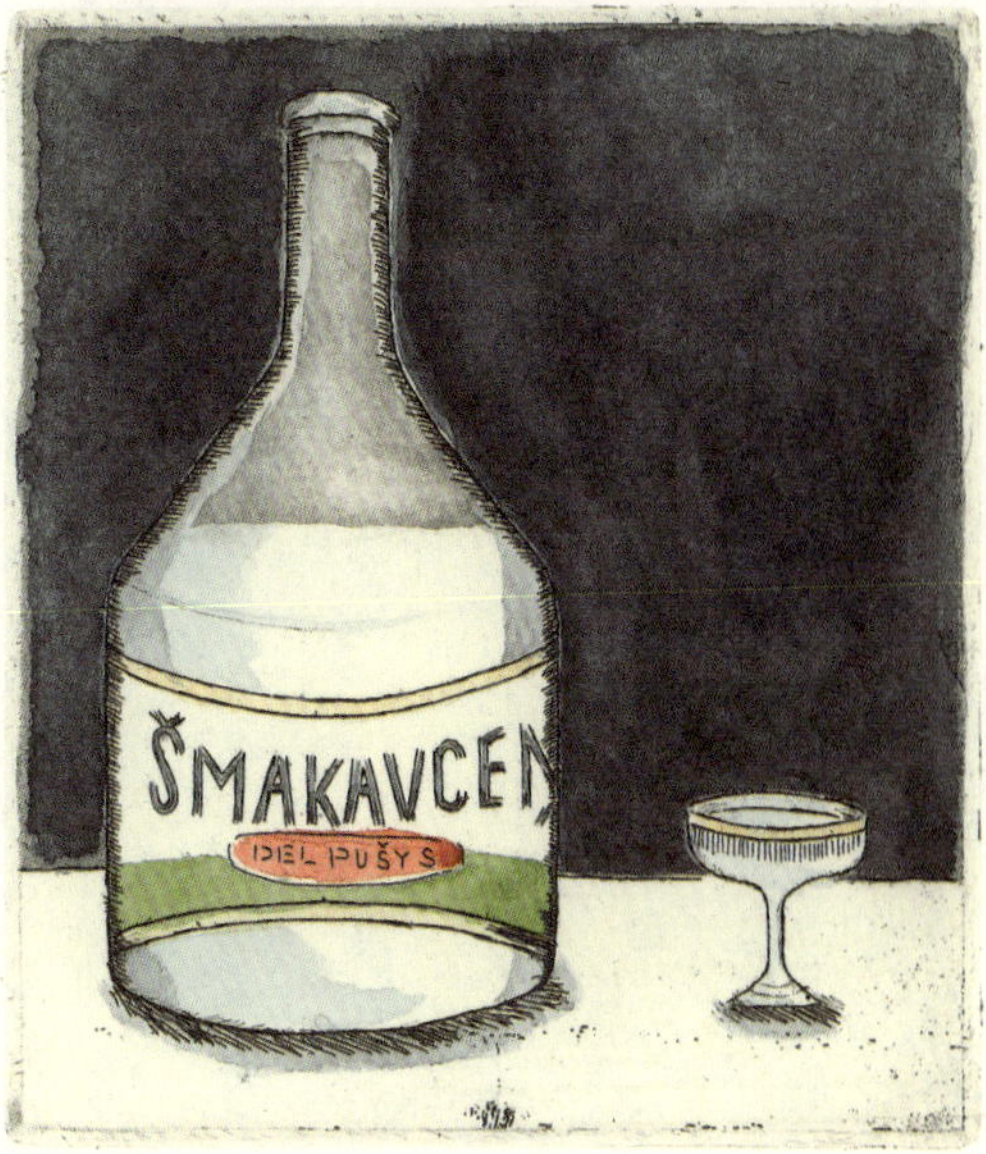
ŠMAKAVCEN
DEL PUŠYS

それから、またみんながテーブルに集まって、しめくくりのデザートをいただきます。その日のデザートは、栗の甘露煮でした。その上に、おかあさんはたっぷりと生クリームをかけて出してくれます。それはまるで、初雪がふった日の朝のような光景でした。真っ白い生クリームが、飴色の栗を綿帽子のようにおおっています。

冬だというのに、なんてぜいたくな食事でしょう。こんなごちそうのフルコースは、めったに食べられるものではありません。

おなかがいっぱいだとうったえていた人も、あっという間にデザートをたいらげました。それから、あたたかいよもぎのお茶を分け合います。

なんといっても、今日は一家にとって特別な日なのです。なにしろ、家族がひとりふえたのですから。しかも、待ちに待った女の子！

全員がお茶を飲み終えるころには、太陽は眠る準備をはじめていました。ルップマイゼ共和国はとても北に位置しているので、この季節は昼の時間が極端に短いのです。

昼間でも、太陽はためらいがちに地面をぼんやりと照らすだけでした。そして、「また、明日ね！」と元気よくあいさつすることもなく、黙っていつの間にか沈んでしまうのです。

けれど、これでマリカの誕生会がおひらきになると思ったら、大間違いです。いえいえ、ここからが本番といっても過言ではありません。

なんといっても、ルップマイゼ共和国の人々は、歌うこととおどることが大好きなのです。ごはんを食べたり、ベッドで夢を見たりすることよりも、歌とおどりを愛してやまないなんて、ほかの国の人には信じられないかもしれません。でも、本当にそうなのです。美しい音楽こそが心の糧であり、人生の大ごちそうなのです。

マリカの家族だって、例外ではありません。

だれからともなく立ちあがると、全員がヤナギのベッドのまわりに集まりました。これから、今度は歌とおどりで、マリカの誕生をお祝いするのです。

演奏をするのは、三人のお兄さんたち。

いちばん上のお兄さんはたいこをたたき、まんなかのお兄さんはアコーディオンをかなで、いちばん下のお兄さんは木琴をならします。

実は、この日のために三人でこっそり練習していたのです。だから、兄弟の息はぴったりでした。

これは、マリカの誕生をお祝いする歌。ルップマイゼ共和国では、古くから歌われてきた歌なので、だれもがすぐに歌うことができます。

三人兄弟の演奏に合わせ、全員が大きな声で歌いました。その声を、世界中に響かせるつもりで、ときにおどりながら、リズミカルに足をならしながら、声がかれるまで歌います。

女の人のはくスカートがくるくるまわり、まるで部屋はお花畑のようになりました。

おどって、歌って、おどって、歌って。

そこにいるだれもが、心を解き放ち、美しいほほ笑みを浮かべています。生きていることを、体そのものがよろこんでいる笑顔です。

ルップマイゼ共和国には、悲しい歌などありません。

たとえ悲しい内容だとしても、笑いながら歌う。それが、ルップマイゼ共和国の精神なのです。

外はうす暗くなっているというのに、家の中はお祭り騒ぎ。まるで、季節外れの夏至祭みたいなにぎわいです。そのくらい、マリカの誕生は、すばらしい出来事だったという証です。

幸せな時間は、太陽が完全に沈むまでつづきました。

マリカは、本当にいい時代にうまれたのです。

希望に満ちたかがやける未来を、だれもが想像し、信じてうたがいませんでした。

夜になり、おとうさんは、さっそくクリスマスツリーのろうそくに火をともします。群青色にそまる夜のしじまには、八つの明かりがかがやきました。その中のひとつは、今朝、産

声をあげたばかりのマリカの光。

クリスマスツリーには、三人のお兄さんが作ったかざりのほか、おばあさんが作ってくれた小さなミトンもかけてあります。

窓の向こうには、ちらちらと雪が舞っていました。

マリカちゃん、お誕生、おめでとう。

ようこそ、私たちのいる、すてきな世界へ！

雪たちは、そんな言葉をコーラスで響かせるように、空の奥からしずかにしずかに、舞いおりてくるのです。


マリカはすくすくと成長しました。

大きな病気をすることもなく、風邪もほとんどひいたことがありません。黒パンも、お兄さんたちに負けないくらいたくさん食べます。

歩けるようになったマリカを、三人のお兄さんたちはいろいろなところに連れ出しました。

森や、川や、原っぱ。あそぶ場所なら、どこにでもあります。

マリカは、お兄さんたちとあそぶのが大好きになりました。

野原でおにごっこをし、川で泳ぎ、森の中をたんけんします。だからマリカの一日は、あっという間にすぎていくのです。

どんなに寒い雪の日でも、マリカは外であそぶのが好きでした。ソリをしたり、雪だるまを作ったり。中でも、凍った川の上でスケートをすることほど、楽しい時間はありません。

冬になると、川は強じんな大理石のようなかたいかたまりになるのです。マリカがどんなに高くジャンプしようが、兄妹四人でなわとびしようが、びくともしません。

そんなわけで、マリカは、冬でもずっと外にいて、冷たい雪とたわむれます。

おなかがすくと、きれいな雪にはちみつをたっぷりかけて食べました。そしてまた、元気いっぱい雪の原をかけまわるのです。

そんなとき、マリカの手には必ず、おばあさんが作ってくれたミトンがはめてありました。

おばあさんは、マリカの成長に合わせて、手にぴったり合うミトンを、毎年作ってくれるのです。

おばあさんの作ってくれるミトンは、丈夫で、どんなに長く雪遊びをしても、決して指が冷たくなることがありません。たとえ、枝にひっかけて大きな穴をあけてしまっても、おばあさんはすぐにそれを直してくれるのです。おばあさんにとっては、つくろうこともまた、よろこびですから。よろこびは、たくさんある方がうれしいに決まっています。

ところで、ルップマイゼ共和国には、大切な決まりがありました。

子どもたちは、十二歳になると、だれもが必ず試験を受けなくてはいけないのです。

それは、生きていくために必要な力を身につけるための試験。男の子には男の子の、女の子には女の子の、くらしの知恵が必要なのです。

たとえば、男の子にとって大切なのは、お皿を作ったり、かごをあんだり、くぎを上手にうったりできること。女の子にとって大切なのは、糸をつむいだり、刺繍やレースをしたり、ミトンをあんだりできること。

とにかく、この試験に合格しなければ、ルップマイゼ共和国の国民として、みとめてもらえません。そうやって、太古の昔から手しごとのわざを受けついできたのです。

だから、それぞれの家のおとうさんやおかあさんは、子どもたちが立派に生きていけるよう、息子や娘たちに手しごとを教えます。学校でも、先生からならいます。

マリカのお兄さんたちも、おとうさんやおじいさんから、手しごとのわざをならいました。いちばん上のお兄さんは、とても頑丈なわらじをあむことができます。まんなかのお兄さんは、くぎをうつのが得意です。いちばん下のお兄さんは、美しい木のお皿を作れるようになりました。

そうすると、男の子は短剣とベルトをさずかるのです。一人前の男性として、ようやくみとめてもらえるのでした。

だからマリカも、そろそろ手しごとのわざを身につけなくてはいけません。

おばあさんは、何度もマリカをひざにのせて、おりものやあみものをして見せました。そうすれば、マリカが興味をもってくれるだろうと期待したのです。

けれど、マリカときたら、家の外の世界にばかり夢中になって、少しも手しごとに興味をしめしません。マリカは、生き物が大好きなのです。森の中でウサギやリスを追いかけたり、小川で魚をつかまえたり。ほとんどの人が毛ぎらいするヘビだって、マリカにとっては魅力的な遊び相手でした。

けれど、このまま外遊びにばかり夢中になっていたら、試験に合格できなくなってしまいます。合格できなければ、ルップマイゼ共和国では生きていけないのです。

正直なところ、マリカは針しごともあみものもきらいでした。ミトンも、自分からあむ気になどなれません。

それよりも、家の外を走りまわったりすることの方が、よっぽどすがすがしいのです。幸せなのです。だからミトンをあんでいるひまなど、これっぽっちもないというわけです。

こうして、マリカは十歳になりました。

いちばん上のお兄さんは、二十歳。まんなかのお兄さんは、十八歳。いちばん下のお兄さんも十七歳で、もう立派な大人です。

いちばん上のお兄さんは、結婚して、マリカの家におよめさんがやってきました。およめさんは、ながもちいっぱいのミトンをあんで、そのながもちとともにマリカの家にとついできたのです。

大きなながもちにぎっしりとつまったミトンは、数にすると、三百組ほど。しかも、同じもようはひとつもありません。全部、違うがらのミトンをあんで、それらを、結婚式のひきでものとして親戚や友だちにくばるのです。

マリカも、およめさんからミトンをもらいました。それは、黒地に赤と白と緑と青でもようを入れた大人っぽい印象のミトンで、モミの葉と太陽神のサウレ、それにマーラス・クルスツと呼ばれる十字が二重になったクロスの文様が描かれています。

クロスは幸せをはこぶ文様で、それが二重になっているということは、さらに力が強まることを意味しています。毎日使うことで、地母神であるマーラのご加護を得ることができ、家が守られるとされているのです。

マリカはこのミトンを手にはめるたび、およめさんの愛情を感じて、心強い気持ちになります。ミトンは、その人を守るお守りでもあるのです。

こんなふうに、ルップマイゼ共和国には、目に見えないたくさんの神さまがいて、それぞれの神さまは簡単な文様であらわされます。

たとえば、天からの恵みをもたらす雷の神さま〈ウグンス・クルスッ〉は、卍。永遠の生命を意味する太陽の女神〈サウレ〉は、❀。豊かな実りや繁栄の象徴である豊穣神〈ユミス〉は頭をたれる二本の麦の穂、母親と子どもを守ってくれる地母神〈マーラ〉はジグザグの波もよう、というような具合で、これらの文様は、ミトンだけでなく、ふだん使う身のまわりの服やタオル、器など、あらゆる場面に登場します。

この国には精霊たちもたくさんいますから、人の目に見えない世界はとってもにぎやか。おそらく、神さまの下でこまごまとした具体的なお手伝いをするのが精霊たちなのでしょう。たとえ目には見えなくても、私たちは、神さまや精霊たちに守られているのです。

マリカにミトンをプレゼントしてくれたおよめさんのおなかは、大きくふくらんでいました。もうすぐ、赤ちゃんがうまれるのです。

マリカはこの、お兄さんのおよめさんのおなかにいる赤ん坊に期待しました。だって、まんなかのお兄さんも結婚して家を出てしまいましたし、いちばん下のお兄さんも、成績が優秀なので、もうすぐ都の大学に進学してしまうのです。もう、兄妹四人で野原をかけまわることはできません。

だから、マリカは次なる遊び相手があらわれるよう、男の子がうまれることを待ちのぞんだのです。

けれど、マリカにとってはざんねんな結果となりました。やってきたのは、女の子。しかも、ふたごでした。

マリカは、たとえ騎士団ごっこをして剣をふりかざしてもすぐに泣いたりしない、屈強な男の子の遊び相手がほしかったのです。

マリカにも、おじいさんの作ってくれた立派なながもちがありました。

おじいさんは、マリカが五つのときになくなったので、ほとんど覚えていません。けれど、ながもちを見ると、なんだかおじいさんの顔を思い出しそうになって、懐かしい気持ちになるのです。

お年頃の女の子のいる家庭では、おかあさんやおばあさん、お姉さんたちも手伝って、せっせとミトンをあみます。ながもちいっぱいのミトンが完成しなければ、およめに出すこともできません。

それに、ながもちがいっぱいになるまでミトンを作っても、あっという間になくなってしまうのです。

いちばん上のお兄さんのおよめさんのときも、そうでした。だから、どんなにたくさんミトンをあんでも、多すぎることなんてないのです。もしも結婚式の最中にミトンが足りなくなってしまったら……、末代までの恥になってしまうでしょう。

マリカのながもちにも、ミトンが入っていました。大半は、おばあさんのあんでくれたミトンです。たまに、おかあさんもあんでくれます。けれど、おかあさんはいそがしくて、なかなかミトンをあむ時間がありません。

およめさんも、上手にミトンをあむことはできますが、今は、ふたごの赤ちゃんのお世話でいっぱいいっぱい、マリカのミトンをお手伝いする余裕など、これっぽっちもないのです。

そんなときだけ、マリカは、自分にもお姉さんがいたらなぁ、などと勝手なことを思いました。もしもお兄さんではなくお姉さんが三人いたら、きっとマリカのミトンあみを手伝ってくれたに違いありません。

でも、お姉さんしかいなかったら、マリカが、野原でかけっこしたり川遊びをしたりすることもできなかったのです。人生って、なかなかうまくいかないものです。

おばあさんは根気よく、マリカにあみものを教えました。いきなりミトンをあむのはむずかしいので、最初は針を一本だけ使ってマフラーの作り方を教えます。同じやり方で、帽子やくつ下をぬうこともできます。

けれど、マリカときたら、すぐにほっぽりなげてしまうのです。ひとつとして、最後まで完成させたためしがありません。すべて、途中で終わっています。

そんなわけなので、マリカは学校でも、手しごとにかんしては落ちこぼれ中の落ちこぼれでした。

とはいえ、試験に落ちるわけにはいきません。だって、この試験に合格しなければ、生きていけないのです。マリカは、ルップマイゼ共和国が大好きでしたから、大人になっても、ずっとこの共和国に住みつづけたいと思っていました。だから、マリカもそのときだけは必死でした。

試験は、五日間にわたって行われます。

まず一日目は、糸をつむぐテストです。糸車を使って、羊の毛を毛糸へと加工します。昔から、マリカは糸つむぎはわりと上手にできました。何も、頭で考えることがないから楽なのかもしれません。マリカにとっては、さいさきのよいスタートでした。

けれど、難関は二日目です。さっそく、ミトンをあまなくてはなりません。しかも、たった一日のうちに左右のミトンを完成させなくてはいけないのです。

急がなくてはいけないし、きれいにあまなくてもいけないし、マリカとしては最高に難易度の高いテストです。

おばあさんはまるで、楽しそうに野原をスキップしているみたいな表情を浮かべてミトンをあみますが、マリカにとっては、難解な数学の問題をといているような気分になります。五本の針を上手にあつかいながら、つねに目の数を数えなければいけないので、マリカの頭の中はしっちゃかめっちゃか。眉間にはつねに深いしわがきざまれ、少しも気が休まりません。

終了時間ぎりぎりに、なんとか一組のミトンをあみあげることができました。けれど、試験にはまだつづきがあります。

三日目、今度は亜麻でおったタオルに刺繍とレースをほどこします。亜麻は強い繊維ですから、それで作った亜麻織物はとても丈夫で、一生、同じタオルや服を使いつづけるといわれています。

刺繍は、マリカの頭文字をとって「M」の文字を入れました。「I」や「J」だったらもっと簡単だったのですが……。マリカは内心、そういう名前の人をうらやましく思いました。けれど、もうマリカには、マリカという自分の名前がなじんでいますから、別の名前で生きるなんて想像できません。頭文字が「G」や「Q」でなかっただけ、救われましたけど。

そして四日目は、四本の糸を使ってカード織の帯を作ります。カード織というのは、実際に四つの穴のあいた四角いカードを使っておるおりものです。

マリカがうまれた日、おとうさんと三人のお兄さんたちはクリスマスツリーにするトウヒを切るため森に行きましたが、あのとき、切る前に木の幹に結んだ織りひもも、カード織であんだものでした。

四角いカードにあいている穴にそれぞれ糸を通してから、カードをくるくると回転させたり、向きをかえたりしておっていきます。そうすると、花や葉っぱ、月や星など、規則正しいもようの帯ができるのです。特別な道具もいらず、せまい場所でもできるので、カード織は小さな女の子にも人気がありました。

マリカも、よくおかあさんがしているのを見ているので、カード織はなんとなく仕組みがわかります。ですからこれも、マリカにとっては糸つむぎと同じくらい、肩の力をぬいてできました。

けれど、ミトンあみにつぐ難関は、五日目の最終日です。

この日のテストでは、手ではなく、頭を使わなくてはなりません。一枚の古い毛布を渡されて、その毛布の作り手がだれであるかを当てるのです。

毛布には必ず、その家の歴史を物語るすべての情報が記されています。

その家がどのくらい長くつづいているか、どこからやってきた人たちなのか、どんなしごとをしてくらしているのか、それらを読み解き、その毛布の背景を解読するというわけです。この、五日間にわたる試練を、すべて突破しなければなりません。

すべての試験が終わった後、マリカは人生ではじめてねこみました。頭を使いすぎて、知恵熱を出してしまったのです。

ベッドの中で、マリカはしくしくと泣いていました。

糸つむぎとカード織は自分でも及第点はもらえたと思いますが、ミトンは明らかに駄作でした。刺繍とレースも、かなりひどい結果であるのは、自分でもよくわかります。

そのうえ、最終日の頭を使うテストにかんしては、全くのちんぷんかんぷんでした。これっぽっちも自信がないのです。

試験に合格できないということは、ルップマイゼ共和国の人間としてみとめてもらえない、ひいては、生きていけないということになります。

だから数日後、マリカは試験の結果を聞くのが、いやでいやでなりません。もう、荷物をまとめて家を出ていこうと、覚悟を決めていたくらいです。

ふだんは落ちこむことなどめったにないマリカですが、このときばかりは、心の中に大きくてゴツゴツした石がすきまなくつまった気分で、生きた心地がしませんでした。

家を出て外の世界を放浪するのを考えると、心細くてひとりでに涙がこぼれます。家族とはなれるのだって、想像するだけで身がうちひしがれる想いです。

けれど、みんなが楽しく豊かにくらすためには、ときに、厳しさも必要なのです。自分のやるべきしごとをまっとうし、その上に、幸せやよろこびがうまれるのですから。

ルップマイゼ共和国に豊かな森が残っているのは、みんなが、クリスマスツリーにするトウヒを切るとき、「一家に一本ルール」を守っているからです。だれもが好き勝手に木を切ったら、森はやつれ、やがて人々のくらしも貧しいものになってしまうでしょう。

試験の結果は、一週間後に発表されました。

それは、マリカにとって、予想もしなかった結果です。

補欠という条件つきですが、まがりなりにも合格したのです。

あの落ちこぼれのマリカが、合格できたなんて奇跡です。そう、マリカだって、やればできるんです。たしかに、試験前の数日間は、集中してよくがんばったのです。

その結果に、マリカ自身がいちばん驚きました。あまりにびっくりしてしまい、よろこぶことすら忘れたほどです。

マリカは、久しぶりに全力疾走で学校から家に帰りました。そして、大声で、合格の知らせを家族に伝えます。

それを聞いたおばあさんは、久しぶりにシマコーフカを飲みました。おばあさんは、マリカの将来をあんじて、眠れない日々がつづいていたのです。

ホッとしたのでしょう。おばあさんは二杯も飲むと、顔が真っ赤になりました。それでも、うれしくて三杯目の盃も一気にあけます。

マリカも、ほんのちょっぴりではありますが、シマコーフカを味見しました。うれしくて、うれしくて、その場でウサギのようにとびはねます。すっかり、おてんばマリカにもどっていました。

試験に合格すると、女の子には、布でできたかんむりが与えられます。それはとても特別なかんむりで、一生に一度しかつけません。

マリカも、そのかんむりをいただきました。これでようやく、大人としてみとめてもらえたというわけです。マリカは、ほこらしい気持ちでいっぱいでした。

けれど、考えてもみてください。いやいやながら作ったミトンが、美しいはずありません。

試験に合格すると、ふたたびマリカはミトンをあまなくなりました。ミトンをあむことよりも、もっと楽しいことを見つけてしまったのです。

それは、おどり。

学校のダンスクラブに入って、明けてもくれても、おどってばかり。

ベッドに丸まってねているときさえ、夢を見ながらぴくぴくと手足を動かして、おどっているのです。

マリカは、おどることが大好きになりました。

おどることで、マリカの世界に鮮やかな色がついたのです。

# 第3章

## 初恋の花のお茶

それは、夏の真っさかりのことでした。

マリカは、胸が苦しくてなりません。苦しくて、苦しくて、息をするのもままならないほどなのです。大好物の黒パンさえ、うまくのどを通りません。

家族が話しかけてもうわの空で、まるで別人になってしまいました。ときには鏡の前に立ったまま、一時間でも二時間でも、ぼんやりと自分の顔をながめています。かと思えば、ときどき、脈絡もなくにやけたり……。

マリカは、十五歳になりました。小麦色の金髪に青い瞳は、おかあさんの若いころにそっくりです。マリカは、近所でも評判のべっぴんさんです。

はじめて娘をさずかったおとうさんにとって、マリカはまさに宝物です。だからマリカが少しでも元気がないと、おとうさんは不安で不安でたまりません。おとうさんは、そんなマリカを心配し、病院に連れていこうとしました。

けれど、おかあさんがとめたのです。おかあさんだけでなく、およめさんにも、おばあさんにも、心あたりがありました。

どうやら、マリカは恋をしたらしいのです。相手は同じダンスクラブでペアを組むヤーニスで、彼は、マリカより一つ年上でした。マリカを苦しめていたのは、恋わずらいだったのです。

けれど、マリカ自身、どうして相手がヤーニスなのか、最初は自分でもよくわかりませんでした。ヤーニスは、物しずかな青年です。活発なマリカとは、まるで正反対。ふたりは、ほとんど言葉をかわしたこともありません。

それなのに、気がついたら、マリカはヤーニスを好きになっていたのです。いえ、最初はそれが「好き」なのかどうかも、わかりませんでした。なんといっても、はじめての恋ですから。

マリカは、ヤーニスとペアになっておどるたび、胸がはちきれそうになります。恥ずかしくて、顔をあげることもできません。わけもなく、涙が浮かんでしまいます。

ヤーニスが相手だと、ふだんはおどり上手なマリカの足が、急にもつれていうことをきかなくなりました。そのせいで、マリカはしょっちゅう、ヤーニスの足の甲をふんづけたり、自らつまずいて勝手に転びそうになってしまいます。

けれど、ヤーニスはそのことを少しも責めたり、笑ったりしません。転びそうになったマリカにさっと手を差し出して、何もなかったかのようにおどりつづけるのです。

ヤーニスは、決して派手ではありませんが、とても誠実なおどり手です。まるで、風や光や雲へしずかに祈りをささげているような、味わいぶかいおどりなのです。マリカは、そんなヤーニスと組になっておどれることが幸せでした。

秋になるころ、マリカはひとつ、大きな決断をしました。ヤーニスのために、ミトンをあもうと決めたのです。

だって、告白なんて、恥ずかしくてできませんもの。言葉で伝えるかわりに、ルップマイゼ共和国の人々は、ミトンに想いを込めておくるのです。

ミトンは、言葉で書かない手紙のようなもの。

「好き」という気持ちも、文字や声で届けるのではなく、ミトンの色やもようで表現するのです。そうすることで、世界でたったひとつだけの「好き」が形になるというわけです。

マリカは、ヤーニスににあう色を想像し、毛糸の色を決めました。

選んだのは、美しい夜の藍色と、かがやく太陽の黄色、雪のような純白と、森をふちどる葉っぱの緑、この四色です。それが、マリカがイメージするヤーニスの色彩でした。

ただし、マリカはまだ初心者なので、複雑な文様はあめません。ヤーニスの手の大きさも、頭の中で想像するしかないのです。

男女がペアになっておどるとき、本当は、ぎゅっと手をつなぐ必要があります。けれどマリカは恥ずかしさのあまり、ヤーニスの指にそっと自分の手を当てることくらいしかできませんでした。その記憶だけを手がかりにして、ヤーニスのためのミトンを完成させなくてはいけないのです。

マリカは、何度も自分の手のひらを見つめました。そこに残っているヤーニスの手の温もりを思い出します。ヤーニスの手の大きさや指の太さを想像するためです。

おばあさんに手ほどきを受けながら、マリカは自力でミトンをあみはじめました。どうして今まで学校の授業をサボってきたのか、くやまれてなりません。ちゃんとならっていれば簡単にできることも、マリカにはむずかしくて、いちいちおばあさんに聞かなくてはいけないのです。

それでも、おばあさんはそのひとつひとつにやさしく答えてくれました。

おじいさんが旅に出てしまってから（ルップマイゼ共和国では、なくなることをこう表現します）、ずっと心に穴があいていたのです。

目が悪くなったこともあり、しばらくはあみものをやめていました。けれど、マリカが熱心にあみものをする姿を見て、久しぶりに、自分でもあんでみたい気持ちになったのです。

おばあさんとマリカは、暖炉の近くに並んですわり、それぞれミトンをあみました。とき

にはおしゃべりをしながら、お互いにミトンをあんでいきます。

あるとき、マリカはおばあさんにたずねました。

「おばあちゃんは、いつからミトンをあんでいるの？」

「そうだねぇ……」

おばあさんは顔をあげ、遠いまなざしを浮かべます。

「五つくらい、だったかしらねぇ」

「五つ？」

マリカは、驚きのあまり目を丸くしました。

「そんなに小さいときから、あみものをしていたの？」

だって、マリカが五つのときといったら、三人のお兄さんたちと、森や野原を子犬のように転げまわっていたことしか記憶にないのです。

「じゃあ、おばあちゃんはこれまでに何組くらい、ミトンをあんだの？」

マリカは、さらに質問をつづけました。すると、おばあさんははるかかなたを見つめるようなまなざしを浮かべ、ため息をつくように言いました。

「三度三度の食事と同じくらい、ミトンをあむことはくらしの一部なんだよ。だからいくつと言われても、むずかしくて答えられないねぇ。そんなこと、数えたこともないんだもの。

一組終わったら、また一組って、今あんでいるミトンのことしか頭にないの。きっと、星の数ほどあんだんじゃないかねぇ」

そう言い終えるやいなや、おばあさんはまたあみ棒を動かしてミトンをあみます。

おばあさんは、マリカの何倍もの速さでミトンをあむことができました。もう、手が勝手に動くのでしょう。その姿に、マリカは我を忘れて見とれました。

まるで指先だけが、ロボットみたいにむだのない動きをします。できあがるミトンも、目が細やかで、指のところも文様がきちんとつながっているのです。この、指のところでも文様がきれいにつづいていること、というのが、美しいミトンの証となります。

それにくらべると、マリカのミトンはお世辞にもきれいとはいえません。まだまだ、指のところの文様のつながりなど、考えている余裕はないのです。それでも、マリカは心を込めてあみつづけます。

なんといっても、これはヤーニスにプレゼントするミトン。ヤーニスが自分のあんだミトンをはめてくれるのを想像するだけで、マリカはどうにかなってしまいそうでした。

ひと月以上もついやして、マリカはようやく一組のミトンを完成させました。

文様に選んだのは、アウセクリスと呼ばれる明星神。

八つの点があるひと筆がきの星の形は、夜の闇をしりぞけ、新しい朝のおとずれを伝える明けの明星です。

その光には、悪いものから身を守ってくれる力があるといわれています。マリカは、自分が直接ヤーニスを守るかわりに、アウセクリスにその役目をたくしたのです。

完成したミトンを、マリカは秋分祭のとき、ヤーニスに渡すことにしました。

そよ風は、すでに秋のにおいをはらんでいます。だから早く、ヤーニスの手をあたためてあげたいと思ったのです。

けれど、面と向かって渡すことなど、恥ずかしくてできっこありません。マリカは、同じダンスクラブの仲間にたのんで、ヤーニスに渡してもらいます。

友人は、マリカからのミトンであることをヤーニスに伝えました。

こうして、マリカは人生ではじめて、だれかのためにミトンをあんだのです。

それから、ミトンをあむことが、少しだけ好きになりました。

それは、建国十五周年をお祝いする式典のときでした。

マリカは、一瞬、あれ？　とふしぎな気持ちになりました。

よく知っている色使いのミトンが見えたからです。しかも、はめているのは、ヤーニス！

マリカは、うれしいのと驚いたのがごちゃまぜになり、その場でへんな声をあげそうになりました。それから、じわじわとよろこびの気持ちが胸にしみわたったのです。

マリカがあんだミトンをはめてくれたということは、つまり、ヤーニスがマリカの気持ちを受け入れてくれた証です。

そのころ、ルップマイゼ共和国にはまだ、「イエス」を意味する言葉がありませんでした。人々は、ミトンで気持ちを伝え合ったのです。

それからというもの、マリカとヤーニスは、ときどき森の中で会うようになりました。森の奥のひみつの場所にある切り株に腰かけ、何時間でもいっしょに時を過ごします。そこは、植物のつるや朽ちた倒木に囲まれた洞くつのような場所だったので、ふたりはそこを、〈森の奥の礼拝堂〉と呼ぶことにしました。

「明日、森の奥の礼拝堂で」

それが、ふたりの間でだけかわされる、デートの約束です。

森の奥の礼拝堂で、マリカとヤーニスは、それぞれ決まった切り株に腰かけ、向かい合う形ですわります。

口数の少ないヤーニスは、いつもマリカの話に耳をかたむけました。ヤーニスは、自分の話をするより、相手の話を聞くことの方が好きなのです。ヤーニスは聞き上手なので、マリカはもっともっと、話を聞いてもらいたくなりました。

マリカは、家族のことをたくさん話して聞かせます。とりわけ、兄妹四人で過ごしたエピソードは、ヤーニスに大人気です。

マリカは、そのときの様子を臨場感たっぷりに話して聞かせるのが上手でした。

「あるとき、兄妹四人でいかだにのって、川下りをしながらお兄さんたちの伴奏で歌っていたの。でも途中から空がくもってきて、最後は大雨になっちゃった。

もう、全身びっしょびしょ。

それでもね、私はいかだの上で雨にぬれながらも歌っていたのよ。

最高に気持ちよかったわ！」

マリカにはなんでもないことでも、ヤーニスはいちいち感心して目をかがやかせるのです。

ヤーニスはひとりっ子なので、兄弟がいません。だから、マリカが子どものころの話を聞くのは、楽しみで楽しみでしかたがなかったのです。

そのお礼というわけではないのでしょうが、ヤーニスはマリカと会うたびに、花の種をプレゼントしました。

「目を閉じて」

ヤーニスはそう言いながら、マリカの手のひらに花の種をのせます。たったひと粒だけです。

それは、ヤーニスが自分で花を育て、そこから採取した花の種でした。自分でとったので、ヤーニスにはどんな花の種なのか、おおよそ見当がついています。ヤーニスは、きっとマリカが好きだろうと想像する花の種を選んでいました。

もしもヤーニスが恥ずかしがり屋でなかったら、花をプレゼントしたはずです。ルップマイゼ共和国の人たちは、よく花をおくるのです。

ありがとう、ごめんね、おかえりなさい、おめでとう。

どんな小さな気持ちも、花とともにおくることで、より相手に伝わることがあります。お別れのための花は偶数、それ以外の花は奇数と数が決まっていました。

けれど、ヤーニスは恥ずかしいので花を持ち歩くことができません。そのかわり、手のひらやポケットに入れて持ち歩ける、花の種をおくることを思いついたのです。

「これは、どんな花が咲くの？」

ゆっくりと目を開けながら、マリカは手のひらにちょこんとのせられた小さな種を見つめます。けれど、ヤーニスは決して答えを明かしません。咲いてからのお楽しみ、とでも言うように、にっこり笑うだけなのです。

マリカは、小さな種を落とさないようしっかりと手のひらを結んで家に帰りました。そして家に帰ってから、しみじみとその種を見つめます。

こんな小さな種から美しい花が咲くなんて、奇跡です。そう思うと、なんの変哲もない黒くて丸い小さな種が、愛おしく、また偉大な存在に思えてくるのです。

マリカは、ヤーニスから花の種をもらうたびに、瓶の中にその種を入れました。種は、少しずつ少しずつ、ふえていきます。

花の種がふえればふえるほど、マリカはますますヤーニスが好きになりました。ヤーニスのことを知りたいし、そばにいたい。だって、なんだかわからないけど、いっしょにいるだけで心が満たされるのです。そんなことは、はじめての経験でした。

それは、ヤーニスも同じです。

マリカといるだけで、自分が特別な人間に思えてくるのです。そんなふうに感じたのは、今まで一度もありません。

それなのに、ふたりの関係が親密なものになればなるほど、太陽はさっさと沈んでしまうのです。一日一日と日が短くなり、その分夜が長くなりました。冬は、午後四時をすぎると、もう陽がくれてしまうのです。

ふたりは暗くなる前に、森を出て家に帰らなければなりません。会える時間は、どんどん短くなっていきます。

やがて雪がふると、森で会うことはできなくなりました。雪が、道をかくしてしまうからです。それに、外はとても寒いので、どんなに厚着をし、がまんして森の中にいても、すぐに風邪をひいてしまいます。

冬という季節が、ふたりに大きな試練を与えたのでした。

ヤーニスと会えない日、マリカは家にこもってミトンをあみます。そのそばにはいつも、ぼだい樹の花のお茶が湯気を立てていました。

ぼだい樹は、女の人を守る御神木とされています。だから必ず、どの家の庭にも植えてあるのです。葉っぱがハートの形をしていて、幹の下に立って上をながめると、葉っぱたちが宇宙のように丸く広がる、包容力のある美しい木がぼだい樹です。

ぼだい樹は、初夏になると、とても香りのよい、お日さまのような色をした小さな花をたくさん咲かせます。その花をつんで乾燥させると、お茶にしたとき、ほんのりと甘い香りを放つのです。風邪をひいたり咳が出たりするときも、このお茶を飲むと症状がやわらぎます。

窓の向こうには雪景色が広がっているのですが、このお茶を飲んでいると、一瞬、初夏の香りが広がって、マリカはヤーニスと出会ったばかりのころの時間にもどることができました。

まだ数ヶ月しかたっていないのに、ヤーニスに会う前と会った後では、まるで自分の人生が違ったものに感じられます。マリカは、ヤーニスと出会わなかった人生を、想像することができませんでした。それくらい、マリカにとってヤーニスと出会えたことは、人生の必然であったといえるのです。

ながもちには、ひとつ、ふたつと、マリカが自分であんだミトンがふえていきます。けれど、あみもの上手のおばあさんが作るミトンとは、月とすっぽん。マリカは早く、おばあさんみたいに美しいミトンがあめるようになりたいと思いました。

おばあさんがあむミトンは、目がぎっしりとつまっているから、手にはめてもすきま風が入りません。けれどマリカのあむミトンは、まだまだすきま風が入ります。ときには、すきま風どころか、指先がそのまま外に飛び出してしまうというハプニングまで起こります。

でも、最初から上手にあめる人なんていませんから、なにごとも、くり返すことで、少しずつ少しずつ上達するのです。マリカのおばあさんだって、例外ではありません。すきま風の入るミトンしかあめなかった時代も、たしかに昔はあったのです。

ミトンをあむのに疲れると、マリカは台所に行って、おかあさんから黒パンの作り方を教わりました。黒パンだけでなく、いっしょに台所に立ちながら、たくさんの料理やお菓子の作り方をならいます。

これまで、マリカはおかあさんの料理を一方的に食べるだけでした。おかあさんは村一番の料理上手でしたから、マリカが好きな食べ物を、なんでも作ってくれたのです。

けれど、そのひと皿ひと皿を作ることが、こんなにたいへんだなんて知りませんでした。

マリカはあらためて、おかあさんを立派な人だと尊敬しました。

ひとりになるとついついヤーニスのことを考えてしまうマリカは、なるべく居間で、家族と時間を過ごします。ヤーニスと会えないさみしさをまぎらわせるため、ふたごのめいっ子たちに、歌やおどりを教えました。

にぎやかに笑っていると、ほんの一瞬、ヤーニスのことを忘れることができるのです。

マリカにとっては、いつになく長い冬。けれど、楽しい冬でもありました。

マリカは、十六歳になりました。


そして、春がやってきました。

春という響きを聞くだけで、マリカはその場で小躍りしたいような気分になります。

森の中の雪も、少しずつですがとけはじめました。ぶあつい氷におおわれていた川に、ふたたびさらさらと水の音が響きます。

大地が、長い冬眠から目を覚ますのです。そんなによろこばしいことは、ありません。

小鳥たちは、春の歌を歌いました。それはまさに恋の歌。

植物たちも、ねぼけまなこで顔を出します。まぶしくあたたかな太陽の光を、人々は両手をあげて歓迎しました。

マリカとヤーニスは、ふたたび、ふたりっきりで会えるようになりました。マリカは、ふわふわと空を飛んでいくような気分で、森の中をスキップします。

春の森って、なんて気持ちがいいのでしょう！

足元の土は焼きたてのシフォンケーキのようにふかふかで、あちこちから名残りの雪のにおいがします。ちょっぴりだれかに甘えているような、かわいらしい花の香りもただよいます。

ふたりは、春をむかえたばかりの森の奥の礼拝堂で、しずかによりそいました。

なんと、去年ヤーニスが腰かけていた切り株に、ひこばえが生えていたのです。ひこばえというのは、草木の切り株から生える細い芽のことで、切り株は、決して死んでなどいませんでした。

ヤーニスは、そのひこばえを折ってしまわないよう、別の切り株を探しました。けれど、なかなかちょうどいい切り株が見つかりません。困っていると、

「こちらにどうぞ」

マリカが、自分のすわっている切り株を半分ゆずってくれたのです。実は、内心ヤーニス

もそれをのぞんでいました。けれど、恥ずかしくてなかなか言い出せなかったのです。

もしかすると、あまりにも奥手なヤーニスのために、礼拝堂の木々たちが力を結集して、ふたりに粋な計らいをしてくれたのかもしれません。

ゆかいな気分になったヤーニスは、靴も、そしてくつ下もぬいで、裸足になって地面にふれます。マリカも、同じように真似をして裸足になりました。

足元の土は柔らかく、人肌にふれるような温もりがあり、まるでビロードのようです。まだ葉っぱの生えない梢を通って、光がさんさんとふり注ぎます。その様子はまるで、空のかなたから、神さまが甘いはちみつをたらしてくれているようでした。

そうしていると、マリカはまるで、子ども時代に舞い戻ったような気持ちになります。けれど、いっしょにいるのは三人のお兄さんたちではなく、恋人のヤーニスなのです。

あいかわらず、ヤーニスはあまり多くを語りません。けれど、ちょっとずつですが、自分のことも話すようになりました。

「学校を卒業した後は、どうするの？」

あるとき、マリカはヤーニスにたずねました。すると、ヤーニスがすぐに答えます。

「養蜂家になりたいんだ」

それを聞いて、マリカはますますヤーニスに心をときめかせました。

マリカがもっとも好きな食べ物が、はちみつなのです。黒パンももちろん好きなのですが、それ以上に、黒パンの上にたっぷりつけるはちみつがたまりません。

マリカは、もっともっとヤーニスの声が聞きたくて、ヤーニスの背中に、そっと自分の耳を当てます。そうすると、ヤーニスの声や心臓の音が、音楽のように、川のせせらぎのように、心地よく響くのです。

マリカは、ただただそうやってじっとしているだけで、満たされました。

沈黙もまた、ひとつの美しい音色であることを知ったのです。もう、血まなこになって自分の話をする必要もありません。長い冬をこえたことで、マリカは、少し大人になっていました。

ヤーニスの胸の鼓動を聞きながら、ヤーニスはきっとすてきな養蜂家になるに違いないと、マリカは確信したのです。

そしてついに、夏至祭の日をむかえました。

一年のうち、もっとも大切なお祭りが、夏至祭です。夏至祭は、毎年六月二十三日にひらかれます。

この日は、子どもから大人まで、みんなが朝から落ち着きません。男の人も女の人も、若い人からお年寄りまで、美しい民族衣装にそでを通して、太陽の神さまを祝福するのです。この日は、一年のうちでもっとも長く太陽が空を照らします。

女の人は花でできたかんむりを、男の人は柏の葉っぱでできたかんむりをかぶります。かんむりのわっかは太陽を意味し、丸い形のものはすべて、縁起がよいとされているのです。

おかあさんは、庭の草花を集め、家族みんなのかんむりを作りました。たくさん作って、遠い町から帰ってくる親戚や、旅人にもプレゼントします。

ふだん帽子をかぶっている既婚者の女性も、夏至祭の日だけは花のかんむりをかぶることができるので、かんむりは本当にたくさん必要なのです。

マリカも、草花つみを手伝いました。

マーガレットにアザミ、矢車草、ライラック、野イチゴの花。

庭先にも原っぱにも、色とりどりの花が咲き乱れています。ルップマイゼ共和国では、どんなに花をつんでも、なくなるなんてことはありません。花は、次々と咲いて大地をにぎやかにふちどります。

夜の九時をすぎるころ、たき火に火が入りました。

赤々と天高く燃える炎を囲み、家族や親戚、友人たちが集まって、歌い、おどります。太陽に感謝をささげ、豊かな実りを祈るのです。

夏至の日は、姫ウイキョウの種が入った白いチーズを食べ、ビールを飲んでお祝いします。あちこちから、たくさんの笑い声が響きました。みんな、笑顔です。この日、太陽が沈むのは夜の十一時をすぎてからなので、おしゃべりしたり、ごちそうを食べたり、歌ったりおどったりする時間は、まだまだたっぷりあります。

けれど、うっかりねてはいけません。夏至祭の夜は、夜通し起きて、お祝いするのです。もしもねてしまったら、その年一年、なまけものになるといわれています。だから子どもたちも、この日はがんばって起きているのです。

たき火の火が弱くなると、一年前の夏至祭のときにかぶっていたかんむりを、火の中に投げ入れました。火は、太陽です。太陽をたやしてはいけません。

さすがに、そろそろ空がうす暗くなってきました。

それを合図に、マリカはそっと家族のそばをはなれます。

マリカは、急ぎ足で村の小道をぬけて、森の奥の礼拝堂をめざしました。道ばたに咲くバラの花が、通りすがりの旅人をたぶらかすように、甘く、魅惑的な香りを放っています。

マリカは、花びらを一枚だけつみとって、胸元にしのばせました。そうすると、甘くて心地よい香りがするのを知っていたのです。

ほがらかな風の吹く夜でした。

森の入り口にある泉に立ち寄ったマリカは、手のひらで冷たい水をすくいあげます。甘いわき水を口に含んでから、ゆっくりと飲み干しました。それから、水鏡に自分をうつして、すばやくみなりをととのえます。

ヤーニスと、会う約束をしているのです。

ふたりは、夏至の夜に幻のシダの花を探そうと決めていました。幻のシダの花は、めったに見ることができません。けれど、短い夜に恋人同士が探せば、見つけられるかもしれないと言い伝えられているのです。

マリカは、ヤーニスに一秒でも早く会いたくて、長いスカートのすそを持ちあげながら、早足で森の奥をめざします。マリカが歩くたび、スカートのすそが、あでやかにひるがえりました。

たったひとりで森を歩いても、怖くはありません。夏至祭の夜は、とてもとても明るいのです。それに、ルップマイゼ共和国の森は、来る者を決して拒まず、どんなときでも寛大に受け入れてくれる大らかな場所なのです。

ヤーニスは、先に来てマリカを待っていました。

「チャウ」（こんばんは）

しずかな森に、ヤーニスの声が響きます。

マリカは、こんばんは、のあいさつのかわりに、ヤーニスの体に抱きつきました。夏至祭の夜にふたりっきりで会えるなんて、恋人たちにとっては夢のような出来事です。

ヤーニスは、伝統的な民族衣装をきて、頭には柏の葉っぱで作ったかんむりをかぶっていました。マリカも、同じく民族衣装を身にまとい、頭に花のかんむりをかぶっています。だから、ふたりが並んでいると、まるで妖精たちが親しげにたわむれているように見えるのです。

ふたりは、立ったままお互いの体をひしっと近くに抱き寄せました。その様子を、礼拝堂の木々や葉っぱや花たちが、そっとやさしく見つめています。それからはじめて、ふたりはお互いのくちびるとくちびるを合わせました。

なんてことでしょう。

それは、今までに経験したことがないほど、甘やかな時間でした。

ヤーニスの口づけは、マリカをとりこにしました。マリカは、今にも体が足元からくずれそうになります。どういうわけか、自分の体にちっとも力が入らず、砂糖菓子のようにもろく、はかないのです。

そんなマリカの体を、ヤーニスはしっかりと支えました。

「大好きだよ」

ヤーニスは、マリカの髪の毛をなでながらささやきます。

「私も……」

ヤーニスの胸の中でとろけそうになりながら、マリカはたえだえの息で答えました。

ヤーニスのことが、好きで好きでたまらないのです。できることなら、もっともっと近くによって、抱きしめたいのです。

ちょうど日付がかわるころ、ふたりは森の奥の礼拝堂で結ばれました。さっきマリカがここへ来る途中、胸元にしのばせた一枚のバラの花びらが、ふわりと地面にねそべっています。世の中に、こんなにも美しい行いがあったということを、ヤーニスもマリカも、この夜はじめて知ったのです。マリカの瞳から、自然と涙がこぼれました。その涙を、ヤーニスがそっと指ですくいます。

それからふたりは、しっかりと手をつないで、まよなかの森を歩きました。幻のシダの花を探すためです。

ヤーニスは、足元に咲いている花をふんでしまわないよう、気をつけながら森の奥へと進みます。マリカも同じように、地面を傷つけないよう、バレリーナみたいにつま先立ちになって歩きました。

手に手をとって歩いているうちに、ふたりはいつの間にかおどりながら歩いていました。

マリカが小魚のようにとびはねれば、ヤーニスもその腰を支えてバランスをとります。おどっているとき、ふたりの息はぴったりと合います。どんなに複雑なステップでも、まるで一心同体の生き物のように、なめらかでむだのない動きになるのです。

その姿を、森の動物たちが遠くの方から見つめていました。けれどふたりは、観客の視線になどこれっぽっちも気づきません。おどるのに、夢中なのです。

おどっているマリカとヤーニスは、本当にすてきでした。思わず森の生き物たちが見とれてしまうほど、清らかで、神々しかったのです。

まよなかの森に、ふたりの軽やかな足音が響きます。ときどき、笑い声も聞こえてきます。

ヤーニスは、何か得体の知れない心地よいもので、体中がすみずみまで満たされていました。そしてマリカもまた、同じように満たされていたのです。

けれど、美しい時間ほど長くはつづかないもの。もうすでに、空が朝をむかえる準備をはじめていました。夏至の晩、太陽はほんのちょこっとうたた寝をする程度で、ふたたび起きだしてくるのです。夜が明けるのは、時間の問題でした。

ヤーニスは、うっすらと白んできた空を見あげます。かろうじてまだ星が見えますが、すぐに最後の星たちも家に帰ってしまうでしょう。

ヤーニスは、足元の方に視線をもどすと、草のしげみに咲いている淡いたまご色をした花をつみとりました。その一輪の花をマリカに差し出しながら、ヤーニスはマリカに伝えます。

「結婚しよう」

ヤーニスが、マリカに求婚したのです。それから、こう付け足しました。

「命がつきるまで、ずっといっしょにいたいんだ」

ヤーニスだって、ヤーニスなりにあれこれプロポーズの言葉を考えたのです。けれど、自分の気持ちにもっとも近いのは、この表現しかありませんでした。

もちろん、マリカの心は決まっています。けれど、すぐに返事をすることはできません。ルップマイゼ共和国には、イエスの言葉が存在しないのです。

東の空が、るり色にそまりはじめました。もうすぐ、朝が訪れます。マリカとヤーニスにとっての夢のような時間は、まばたきするくらい、あっという間でした。

ふたりは、追いかけっこをするように、森の中を足早にかけぬけます。

最後にふたりはもう一度、森の入り口で口づけをかわしました。それから握手して別れて、お互いの家へと帰ったのです。

結婚するということは、もう別々の家に帰らなくてもいいということです。マリカは、そのことを思うと、体の芯からうっとりしました。大好きなヤーニスと、ひとつ屋根の下でく

らせるなんて、実現したらどんなにすてきでしょう！

プロポーズのときヤーニスがマリカに渡したのは、スイカズラという黄色い花でした。マリカはその花を、三つ編みにした髪の毛にかざって、大事に家まで持ち帰ります。スイカズラは、ヤーニスがはじめてマリカにおくった花。花言葉は、愛の絆です。もちろん、ヤーニスはそのことを知っていました。

ところで、まよなかに若い男女がふたりっきりで会うなんて、おとうさんやおかあさんが心配しないかって？　それがね、大丈夫なんです。夏至祭ですから。この日だけは、どんなことをしても、サウレが許してくれるのです。サウレというのは、ルップマイゼ共和国の太陽の神さまで、サウレはとても広い心の持ち主でした。

家に帰ったマリカは、庭の草花についた朝露で、手や顔を清めました。この日の朝露には、特別な力があると信じられています。

こうして、ひと晩つづいた夏至祭が、ようやく終わりをむかえるのです。かぶっていた花のかんむりは居間にかざり、次の年の夏至祭までそのままにしておくのが、ルップマイゼ共和国の習わしでした。

さて、ふたりは幻のシダの花を、見つけることができたのでしょうか。けれど、その質問に答える必要はありません。マリカとヤーニス、ふたりだけのひみつですから。それにふたりは、幻のシダの花よりももっと貴重な宝物を見つけたのです。それは、ふたりの将来であり、愛という名の希望の花びらだったのかもしれません。

マリカは、すぐにスイカズラをコップにいけました。

夜と朝のはざまで見るスイカズラも幻想的でしたが、こうして朝陽をあびるスイカズラもまた、清楚な気品をただよわせています。さわやかで、奥ゆかしくて、マリカはまるで、ヤーニスそのもののようだと感じました。

花に顔をよせて香りをすいこむたびに、マリカはヤーニスからのプロポーズの言葉を思い出します。そいとげるということは、とても長い道のりです。けれどマリカは、ヤーニスが相手だったら、きっとそれができるだろうと思いました。

マリカは、ヤーニスを心の底から愛しはじめていたのです。

# 第4章　栄養満点！　白樺ジュース

とはいえ、マリカにとってはふたたび試練が訪れたのです。

次の日から、マリカはさっそくミトン作りにとりかかりました。プロポーズの返事をするためです。そのためには、とびきりむずかしい結婚式用のミトンをあまなくてはなりません。結婚式のときに夫となる人がはめるのは、五本指のミトン。しかも、そこには複雑な文様をぬいこまなくてはならないのです。

おかあさんも、おばあさんも、その前のひいおばあさんも、そのもっと前のひいひいおばあさんも、同じように五本指のミトンをあみました。だからこそ、マリカがうまれ、こうして生きているのです。

マリカは、何度もくじけそうになりました。

白い毛糸で五本指を作り、そのあと、赤や水色、黄色や緑の毛糸を使って複雑な文様をあみこみます。もう、ヤーニスの手のひらの大きさは知っているつもりです。けれど、万が一小さすぎて入らなかったらと思うと、不安で不安でどうしようもなくなってしまうのです。かといって、大きすぎてぶかぶかでも格好がつきませんし、第一すぐにぬげてしまいます。

腕まですっぽりとおおう長いミトンに、最後はふちかざりまでつけなくてはいけません。

マリカは、何度もおばあさんのまくら元を訪ね、あみ方を教わりました。体の具合が悪くなったおばあさんは、一日中、ベッドで休んでいます。それでも、かわいい孫のマリカのために、いちいちベッドから体を起こして、ていねいに教えてくれるのです。

「パルディエス！」（ありがとう）

そのたびに、マリカはおばあさんに伝えます。

マリカは、どうしてもおばあさんに自分の花よめ姿を見せたいと思っていました。だから、夜もねないで必死になってあんだのです。早くしないと、おばあさんが旅立ってしまうことをマリカは知っていましたから。

おばあさんは、ちょうどマリカが左右の五本指のミトンを完成させたその日、しずかに息をひきとりました。

「おばあちゃん、起きて！　目を覚まして！　私、ちゃんと結婚式のミトンを自分であんだのよ……」

大のおばあちゃんっ子だったマリカは、おばあさんの耳元で語りかけます。けれど、おばあさんは決して目を覚ましません。その寝顔には、やさしげな笑みが広がっていました。

きっと、安心したのでしょう。おばあさんには、マリカがとてもすばらしいおよめさんになることがわかっていたのです。

マリカは、十七歳になりました。

ながもちには、ふたがしまらないくらい、たくさんのミトンが入っています。もうひとつのながもちも、織りひもやブラウス、テーブルクロスなどの亜麻織物でいっぱいです。あんなにミトンをあむのが大きらいだったマリカが、自力でながもちいっぱいのミトンをあんだのです。

マリカとヤーニスの結婚式は、春、美しい花がきそいあうように咲き乱れる草原で、せいだいにとりおこなわれました。

民族衣装に身をつつんだヤーニスは、マリカがあんでくれた五本指のミトンをはめます。ルップマイゼ共和国では、花よめさんがだんなさんの手にちょうどよい大きさのミトンをあめると、ふたりの結婚はうまくいくといわれています。

マリカがおくったミトンは、見事、ヤーニスの手にぴったりでした。

村じゅうの人がかけつけて、マリカとヤーニスの結婚をよろこびます。ふたりは、たくさんの祝福の言葉をあびました。鳥たちもやってきて、美しい歌声をひろうします。

ふたりは、しっかりと手をつないでおどりました。もう、恥ずかしくなんかありません。

お互いにじっと目と目を見つめ合いながら、歌っておどるのです。

はなやかな結婚式は、二日がかりで行われました。

その間マリカは、来てくれた人ひとりひとりに、ミトンを手渡します。もちろん、ヤーニスの両親にも、とびきりのミトンをプレゼントしました。ヤーニスの家には、たくさんの動物たちがいたので、動物たちにもミトンをくばります。

牛、羊、山羊、にわとり、あひる、犬。ヤーニスの家は、にぎやかです。マリカのうまれ育った家には動物がいませんでしたから、マリカは生き物とくらせることがうれしくてなりません。

こうして、マリカの新しい人生がはじまったのです。


ヤーニスの家にとついだマリカは、年老いた両親の分までうんと働きました。ヤーニスも、早く自分の家がたてたくて、精いっぱい働きます。

ルップマイゼ共和国では、貿易をしてはいけません。ただし、自分で作ったものに限っては、人に売ってもよいとされているのです。

だから、ヤーニスはせっせと手を動かしました。ミツバチからとれるはちみつのほか、ミツロウを使ったろうそくや、はちみつ石けんを作ります。

マリカが確信したとおり、ヤーニスはすぐれた養蜂家になりました。人と話すのが苦手なかわり、生き物と話をするのは得意なのです。

驚いたことに、ヤーニスは、ミツバチたちと言葉をかわすことができました。どうやら、ミツバチたちがこうしてほしいと思っていることが、ヤーニスにはわかるようなのです。ミツバチだけではありません。植物や土や、風や雲など、森羅万象のすべてと会話ができたのです。毒ヘビやアリだって、例外ではありません。

あるとき、マリカはそのことをふしぎに思ってヤーニスにたずねました。

「どうしたら、そんなふうに虫や植物とおしゃべりができるの？」

すると、ヤーニスは目を丸くして、

「ぼくにとっては、そういう声が聞こえない方がふしぎなんだけど」

と、本当にふしぎそうに答えたのです。そして、こうつづけたのでした。

「そのものと、まずはまっさらな心で向き合うんだ。ミツバチならミツバチ、アリならアリに敬意をはらって、心から、うそいつわりなく、あなたのことが好きです、って伝えるんだよ。人間の方が上だっていうおごりを、一切すててさ。生き物は、すべて対等なんだから」

ヤーニスは、なんでもないことのように言いました。けれど、マリカにはまだよくわかりません。

「それは、私の言葉で伝えるの？」

マリカの問いかけに、

「うーん」

ヤーニスは、むずかしい表情をして腕を組みました。

「言葉というよりは、その思いだけを届ける感じかな。沈黙の言葉とでもいうのか、無言の会話なんだよ」

マリカにとっては、わかったようなわからないような説明でした。それでも、マリカはヤーニスが教えてくれたことを少しずつ試してみます。けれど、いくら同じように真似をしても、マリカにはちっともミツバチの声など聞こえません。

人間以外のものを相手にするヤーニスは、たいそう雄弁でした。自然が相手だと、話がつきることなどないようです。夜通しおしゃべりしていたって、へっちゃらなのです。

そんな夫を、マリカはますます尊敬していったのです。

こうして二年後、ふたりは念願のマイホームを手に入れました。ヤーニスの両親の家のとなりに、かわいい家をたてたのです。

三角屋根からちょこんと煙突がつきだした、とても小さな家です。家のドアは太陽の赤で、窓枠は空の青でそれぞれ色をつけました。かざり窓には、美しいレースあみのカーテンをさげ、玄関前には、だれでも腰かけることのできるベンチをしつらえてあります。

家の中心には暖炉があり、天井からはプズリがぶらさがっていました。プズリは、悪いものをすいこんでくれるとされている、麦わらで作られたかざりです。

室内はとても質素ですが、窓からはたっぷりと光が入りますし、一日中とても清らかな空気に満ちあふれています。台所も決して広くはありませんけど、マリカが料理を作るのにはじゅうぶんな大きさです。

部屋は、居間のほかに、ふたりの寝室と、子ども部屋を用意しました。

ふたりは、子どもがほしくてならなかったのです。だから、たくさん子どもがうまれてもあわてずにすむよう、子ども部屋はふたりの寝室よりも広くとってあります。蒸し風呂と井戸は、両親の家にあるものを共同で使うことにしました。

あとは、外に花だんと畑があって、そこに養蜂箱が並んでいます。もともと古いりんごの木はあったのですが、あらたに、何本かりんごの苗も植えました。

りんごの木は、親をなくしたみなしごたちを守る大切な木です。人はだれもがいつかみなしごになるので、どの家の庭にも必ずあります。ですから、男の人を守る柏の木と、女の人を守るぼだい樹、それにりんごの木というのは、ルップマイゼ共和国の家の庭に欠かせません。家族と同じくらい、とても大事な存在なのです。

その奥には、美しい白樺の森が広がります。そのもっと奥には、イヤシロチがありました。イヤシロチというのは、精霊たちがたくさん住む、神聖な森のことです。そして少し歩けば、小川があります。小川の先には、湖もあります。

持っているのは、これだけです。でも、これだけあれば、生きていけます。何もないけど、すべてであるともいえるのです。

マリカはさっそく、庭の花だんに花の種を植えました。結婚する前、デートのたびにヤーニスがくれた、例のあれです。瓶には、さまざまな種類の種が入っていました。

どんな花が咲くのか、マリカは期待を込めて水やりをし、芽が出てからは草花の手入れをおこたりません。もしも葉っぱに虫がついてしまったときは、すぐに息の根をとめるのではなく、小さな虫たちを、せっせと森の奥に帰してあげます。

マリカはヤーニスと結婚してから、どんな小さな虫にもそれぞれの役割があることを知ったのです。いっけん悪さばかりするにくたらしい虫でも、どこか人間の知らないところで、きっとだれかの、何かの役に立っているのかもしれません。

生きとし生けるものには上も下もなく、すべてが対等なのだということを、マリカはヤーニスのふるまいから学んでいました。

結果は、想像をはるかにこえていました。とろけるほどに美しい、見事なお花畑が誕生したのです。

ノイバラにヘビイチゴ、白詰草。アザミ、桔梗、忘れな草。すぐに名前のわかる花から、図鑑を調べてみないとわからない花まで、色とりどりの大小のかれんな花たちが、次から次へと大地に顔を出しました。

その美しいお花畑を見るたびに、マリカは、自分はなんてすばらしい夫とめぐりあったのだろう、とため息をつきます。付き合っていたころは、正直、たまには種ではなくて花そのものをもらいたいと思っていましたが、今の方が、何千倍も幸せです。

ふたりがマイホームを手に入れたその年の秋、ヤーニスからマリカへ、サプライズがありました。ヤーニスが、あるものをマリカに内緒で買ってプレゼントしたのです。

「マリカさん、ちょっと」

ヤーニスに声をかけられたマリカが庭に出ると、ヤーニスは、めずらしく襟元にネクタイをしめて立っていました。それから、うやうやしくマリカの手をとって、りんごの木の方へと案内したのです。

裏庭にまわったとたん、マリカは息をのみました。

「ブランコ！」

なんと、昨日まではなかったはずの大きなブランコがあるのです。ブランコには、赤いリボンが結んでありました。

「これは、僕からマリカさんへのプレゼントだよ。僕と結婚してくれたお礼に、受け取ってほしいんだ」

ヤーニスは、顔を真っ赤にしながらマリカにそう伝えました。

マリカは、驚きのあまり言葉も出ません。だって、マリカはブランコが大好きなのです。けれど、そのことをヤーニスに言ったことはありませんでした。三人のお兄さんたちとブランコにのると、必ず、マリカがいちばん遠くまでこぐことができたのです。

「どうぞ」

ヤーニスに導かれ、マリカは久しぶりにブランコにのりました。けれど、ひとりしかのれなかった子ども用のブランコと違い、今目の前にあるのは、ふたり並んですわることができる大きな大きなブランコです。

マリカはなんだか、お姫さまにでもなった気分でした。マリカが腰かけると、となりにヤーニスもすわります。目の前には、りんごの木が広がっています。その木には、真っ赤なりんごがたわわに実をつけていました。

「すてき」

マリカはうっとりとりとりんごの木を見あげながら、ヤーニスの肩にそっと頭をあずけます。ヤーニスは、マリカの肩を抱き寄せました。心地のいい風が、ふたりの額をなでています。葉っぱと葉っぱの間から光がこぼれ、真昼なのにそこはまるで星空が広がっているみたいです。

それからというもの、気持ちのいい風が吹く夜、ふたりはブランコにのりながら星空を観察します。そんなとき、マリカは決まってヤーニスにひざまくらをしてあげるのでした。

マリカのふとももは、ヤーニスの頭をひざまくらするのにちょうどいい柔らかさなのです。ヤーニスは、そこから星空をながめるのが大好きです。

そうやって星空を見つめていると、たまに流れ星が通りすぎました。そんなときは、すぐに目を閉じてお祈りをささげます。

ふたりの願いごとは、いつもいっしょ。

早く、赤ちゃんが来てくれますように。

そう、心の中で神さまに祈るのです。

ふたりは、いつの間にかお似合いの夫婦になっていました。

出会ったころは正反対の性格だったはずなのに、マリカはヤーニスに一歩ずつ近づき、ヤーニスもまたマリカに一歩ずつ近づいて、だんだん、考え方や歩き方、立ち居振る舞いまでが似てくるのです。

マリカとヤーニスは、どこへ行くのもいっしょでした。

夏は、日曜日になると、ふたりは朝早くから湖に出かけます。車などありませんから、お弁当を作って、おそろいの麦わら帽子をかぶり、手をつないでてくてく歩いていくのです。

ヤーニスが肩にさげている水筒に入っているのは、白樺のジュース。春先、白樺の木にガラスの瓶をさして樹液をとり、干しぶどうやレモンの皮、ハッカとともに発酵させた飲み物です。

ルップマイゼ共和国の人々は、この白樺ジュースに目がありません。ただおいしいだけでなく、ビタミンやミネラルが豊富で、整腸作用があり、新陳代謝をよくする働きがあるといわれています。

ヤーニスも、このジュースが大好きでした。だから、水筒にたっぷり入れて持っていきます。湖までは、だいたい歩いて一時間くらいでしょうか。

広大なライ麦畑をすぎ、まっすぐにのびるポプラ並木をつきぬけます。近道をするため、ふたりは途中から草むらの中をかき分けるようにして進みました。

そこはまさに、緑のうなばら!

Liepziedu tēja

ふたりは泳ぐようにして、湖をめざして歩くのです。

湖が近づくにつれて、マリカはいつも早足になりました。とにかく早く湖に会いたくて、体が勝手に動いてしまうのです。そんなマリカの後ろ姿を、ヤーニスがかけ足で追いかけます。

湖までたどりつくと、マリカはすぐに服をぬいで裸になりました。いえ、正確にはすでに歩きながら、ブラウスのボタンを外しはじめているのです。

水着なんか必要ありません。だって、だれもいませんから。たとえほかの人がいたとしても、湖に入るときはみんな裸なので、恥ずかしくはないのです。

湖はすっぽりと森に囲まれた、とてもしずかな場所でした。その湖に体をしずめるとき、マリカは決まって恍惚とした表情を浮かべます。

水は、絹のようになめらかで、すきとおり、ほてった体をいやしてくれました。マリカは、まるで湖の神さまと優雅におどっているような気分になります。水の中に入っていると、マリカは、自分が地球そのものに愛されていると感じることができるのです。

どこまでも、いつまでも、泳いでいたい。水とたわむれていたい。抱きしめられていたい。

マリカにとって、湖は楽園でした。

湖のそばの湿原には、苔がかがやき、コケモモがすきとおるような赤い実をつけています。

ふしぎな形の食虫花も咲いています。ヤーニスは、その様子を湖畔のベンチにすわってながめます。

ヤーニスは、泳ぎません。いえ、泳げないのです。

足のつかない場所で泳ぐのは怖くて、ひざくらいまで足をひたすことはできても、肩まで湖に入ることはできませんでした。ヤーニスは、高いところも苦手です。つまり、両方のかかとがしっかりと地面についていないと、おなかの下のあたりがすーすーと寒くなり、落ち着かなくなってしまうのです。

だけど、少しも手持ちぶさたなんかじゃありません。

ヤーニスは、気持ちよさそうに湖で泳ぐマリカを見ているだけで、楽しいのです。幸せなのです。それに、ヤーニスにはひとつ、湖に来るとやりたいことがありました。

実は、ヤーニスは詩を書いていたのです。ヤーニスは、養蜂家であると同時に、詩人でした。けれど、そのことはまだマリカにも話していません。だから、湖畔でひとりっきりになると、ヤーニスはノートに詩を書いて、時間を過ごすのです。それは、ヤーニスにとって至福のひととき。

詩をつらねたノートから顔をあげると、湖で泳ぐマリカの姿が目に飛びこみます。マリカは、無重力空間でくるくると回転してみせる宇宙飛行士のように、水の中を自在に動くことができました。それを見ているだけで、ヤーニスは、自分も湖の中を縦横無尽に泳いでいるような気持ちになれるのです。マリカは、湖で泳ぐ天才でした。

湖ですから、波にのまれる心配もありません。クロールも平泳ぎも背泳ぎも、ときにはバタフライだって！　泳ぐのに疲れると、マリカは水面に両手両足を大の字に広げて、空を向いたままうたた寝をします。

マリカは、一日じゅう水に入っていても平気なのです。だから、ヤーニスは少しもあきることがありません。むしろ、マリカを見たり詩を書いたりと、いそがしいくらいです。

のどがかわくと、マリカはヤーニスのそばまで泳いできて、湖に入ったまま白樺ジュースを飲みました。時間がたった白樺ジュースは、発酵して、ソーダ水のように口の中ではじけます。

マリカは、ゴクゴクとのどをならして白樺ジュースを飲み干します。一杯では足りず、おかわりすることもあります。けれど、そんなに飲んだらヤーニスの分がなくなってしまう、なんていう心配はご無用です。

もしも水筒の中の白樺ジュースが底をついたときは、湖のまわりに生える苔に含まれている水を飲めばいいのです。湖の周囲には湿地帯が広がっていましたから、とうぜん苔も、たくさんあります。苔には、水分がたっぷり含まれており、ぎゅっとしぼると水がほとばしるのです。

ルップマイゼ共和国では、昔はこの苔を、赤ちゃんのおしめとして使っていました。それくらい、苔は吸収力にすぐれ、天然の脱脂綿のような役割を果たしているのです。

「マリカさーん、そろそろランチにしませんかー！」

おなかがすくと、ヤーニスは大声でマリカに呼びかけます。マリカが陸にあがるのは、お昼ごはんを食べるときだけでした。湖からあがった裸のマリカを、ヤーニスはいつも、亜麻織物の大きなタオルで包みます。

たいていは、チーズやハムをはさんだ黒パンのサンドウィッチです。いっしょに、庭でとれたイチゴも食べます。ヤーニスはいつも、ゆっくりと、よく噛んで食べます。その姿はまるで、口の中の食べ物たちと会話を楽しんでいるようでした。マリカも、家で食べるときは、同じようにゆっくりと味わっていただきます。

けれど、湖でのランチだけは、例外です。あっという間に食べてしまうのです。その姿はまるで、陸にあがると呼吸ができなくなる魚みたいです。

そそくさと食べ終えると、マリカはすぐに湖へと飛びこみました。そして、さっそうと泳いで、向こう岸まで行ってしまうのです。そんなマリカを見守るヤーニスの顔には、いつも、とびきりの笑みが浮かんでいます。

湖での思い出は、つきることがありません。

あるとき、湖がすっぽりと霧に包まれたことがありました。さっきまで晴れていたはずなのに、みるみるうちに霧がうまれたのです。

ヤーニスは、腕をのばして自分の手のひらを見ようとします。けれど、手のひらは霧の向こうにかくれてしまい、見ることすらできません。

「おーい、マリカさーん！」

さすがに心配になり、ヤーニスは大声でマリカに呼びかけました。マリカはまだ、湖のどこかにいるはずです。

「マリカさーん、マリカさーん、マリカさーん」

その声は、永遠をさまようように湖のまわりをこだましました。すると、

「愛してるわー、愛してるわー、愛してるわー、愛してるわー」

霧の中から、マリカの声がするのです。

「愛してるよー、愛してるよー、愛してるよー、愛してるよー」

思わずヤーニスも、大声で叫びました。

愛してるだなんて、マリカとふたりっきりのときに耳元でささやくことはあっても、外で、

しかも大声で叫ぶのははじめてです。

けれど、霧のおかげで少しも恥ずかしくありません。むしろ、いつも思っていることを大声で伝えることができ、ヤーニスの胸にはすがすがしい風が吹いていました。

姿は見えなくても、そこに愛する人がいると感じるだけで、安心できるのです。それは、マリカも全くいっしょでした。それに、そんな愛の言葉を言われたマリカは、うれしくてうれしくて、仕方がありません。イルカのように、ぽーんと飛びあがってジャンプしたい心境だったのです。

しばらくすると、霧が晴れ、雲の向こうから太陽が顔を出しました。

湖が、おごそかな光に包まれます。そのとき、湖はまさに、真珠貝の内側のようにかがやいたのです。そのまんなかで、マリカがヤーニスに手をふっています。マリカはまるで、貝がらの中の真珠そのものでした。

こんなこともありました。

ある夕暮れどきのこと、ふたりは帰りじたくを終え、湖を背にして手をつなぎながら歩いていたのです。

すると、ふとだれかに呼ばれたような気がしました。最初にそれに気づいて振り向いたのは、ヤーニスです。

振り向くと、夕陽が真っ赤に燃えています。

そんな色、今まで見たこともありません。ヤーニスがそれを伝えようとしたとき、マリカも同じように湖の方を振り返りました。

巨大な夕陽が、湖を照らしています。

本当はもう、帰り道を歩いていなくてはいけない時間です。けれど、マリカもヤーニスも、その場所から一歩も動くことができませんでした。

ふたりは、湖の方へ引き返し、ベンチにすわって手をつないだまま、刻一刻と変化する空をながめました。

一日の終わりを告げる夕陽が、湖をふしぎな色にそめていきます。

湖の表面は、水晶になったり、瑪瑙《めのう》になったり、エメラルドになったりと、次々に変化しました。明らかに、ふだん見ている夕陽とは違います。

生きていることを無条件でよろこびたくなる、そんな光景でした。きっと神さまが、一生懸命つつましく生きているマリカとヤーニスに、エールを送ってくれたのです。ご褒美を、与えてくれたのです。

ふたりは、夜が産声をあげるまで、そのベンチにすわって湖を見つづけました。

また、あるとき、マリカはふといたずらを思いつきました。

マリカは、そのいたずらをすぐに実行しました。水にもぐったままずっと顔をあげないことで、ヤーニスを、ちょっぴり驚かそうと企んだのです。マリカにとっては、ほんのかわいいいたずらのつもりでした。

マリカは息をとめて、底の方をめざして水をかきます。ゆっくりと目を開けると、キラキラと水の中がかがやいて見えます。

今まで、水にもぐるときはずっと目を閉じていたのですが、好奇心に勝てないマリカは、とうとう、水の中で目を開けてしまったのです。

なんて美しい！

マリカは、その様子に心をうばわれました。

湖の底にも、豊かで美しい森が広がっていたのです。その森を、魚たちが鱗を光らせながら優雅に泳いでいます。緑にかがやく植物たちが、思い思いのふりつけで、楽しそうにおどっていました。まさしくそこは、竜宮城です。

もともと泳ぐのが得意なマリカにとって、水中で息をとめていることなど簡単なこと。少しも苦しくはありません。それどころか、息をとめていることすら、忘れそうになっていました。

けれど、ベンチからその様子を見ていたヤーニスにとっては、ただごとではありません。マリカが水中でおぼれたと思い、大騒ぎです。

どんなに待っても、マリカはいっこうに顔を出しません。ついにヤーニスは、思いあまって、服をきたまま湖に飛びこんでしまったのです。

「バシャッ！」

思いがけず、大きな音がこだましました。

泳げないヤーニスは、水の中で必死にもがきます。それに気づいたマリカは、猛スピードでヤーニスの元にかけつけました。

ヤーニスは、したたかに水を飲み、苦しそうに激しく手足を動かしています。そうなってしまうと、ますます水が怖くてなりません。マリカは、暴れるヤーニスになんとか手をのばして体をつかまえ、やっとの思いで陸の上へと引きあげました。

「マリカ！」

ヤーニスは声をあらげ、顔を真っ赤にしてマリカをしかりつけます。だって、本気で心配しましたから。

ヤーニスは、マリカが本当におぼれたと思ったのです。その先のことを想像し、頭が真っ白になってしまいました。マリカのいない世界など、もう考えられません。それくらい、ふたりは愛し合っていました。

だから、命がけで助けようとしたのです。結果的には、逆にマリカに助けられてしまったのですが……。

以来、マリカは湖の中でふざけることは絶対にしませんでした。今度こそ、ヤーニスがおぼれてしまうと思ったからです。怒ったヤーニスは、本当に本当に怖かった。

結果的に、ヤーニスが本気でマリカを怒ったのは、人生でこのとき一回きりだったのです。

湖に行くことが、ふたりにとってのヴァカンスでした。

けれど、夏は一瞬の光です。ほどなくして秋が訪れ、やがて長い冬がやってきます。

ルップマイゼ共和国もまた、寒い季節をむかえようとしていました。

戦です。氷の帝国に支配されてしまったのです。ルップマイゼ共和国はとても小さな国でしたから、気がついたときには、力ずくでうばわれてしまっていました。

ルップマイゼ共和国が誕生してから、まだ二十二年しかたっていないのに。マリカとヤーニスの幸せな結婚生活は、わずか五年足らずで終わってしまったのです。

それでも、ふたりは負けません。あいかわらず、自分たちのくらしをつづけます。

結婚というのは、ともに幸せになることも大事ですが、ともに不幸せになれることは、もっともっと大事です。

マリカは、ヤーニスとだったら、どんな不幸な時代もたえしのぶことができると思いました。ヤーニスも、マリカといっしょだったら、つらいことだってのりこえられると思ったのです。

ただ、どんなにふたりが心を通わせ結束しても、世の中の大きな流れにはあらがえません。なんていうひどい仕打ちでしょうか。

歌とおどりをこよなく愛するルップマイゼ共和国の人たちが、楽しい歌を歌えなくなってしまったのです。すてきなおどりも、おどれなくなってしまったのです。

美しい民族衣装も、きることを禁止されてしまいました。

歌やおどりや民族衣装は、ルップマイゼ共和国にくらす人たちの、誇りです。もちろん、マリカとヤーニスにとっても、歌とおどりは、生きることそのもの。そのよろこびを、根こそぎうばわれてしまうとは……。

氷の帝国に支配されるということは、自分たちが自分たちらしさを失うことを意味していました。

けれど、幸いなことにミトンだけはとがめられずにすんだのです。

ミトンなしでは、寒い冬をこせませんから。ミトンは、生活に欠かせないもの、ルップマイゼ共和国の人々にとって必要なのです。

マリカは、ミトンをあみつづけました。早く平和なときが訪れるのを祈りながら、ここぞとばかりに、たくさんの鮮やかな色の毛糸を使ってあみます。

冬は、色がなくなりますから。ミトンは、手だけでなく、心もあたたかくしてくれるのです。

できたミトンは、ヤーニスだけでなく、ヤーニスの両親や親戚、友人や近所の人たちにプレゼントしました。

マリカは、自分のためのミトンはあみません。自分がはめるミトンは、おばあさんが作ってくれたものでじゅうぶん間に合います。あんだミトンを売ればお金になるかもしれませんが、それもなんだか違うような気がしてしまいませんでした。

マリカのミトンは、すべて、だれかへのプレゼント。

マリカは、そう心に決めたのです。

# 第5章　どんぐりコーヒーを飲みながら

悲しいことは、つづきます。

ヤーニスが二十五歳のとき、ヤーニスの両親があいついでなくなりました。

ふたりは、おそろいのひつぎに入って旅立ちました。自ら好きな色をぬり、もようをかいておいたひつぎは、ふだんは屋根裏部屋にしまっておきます。そして、いざそのときが来たら、それに入って旅に出るのです。

お葬式のとき、ひつぎをはこんでくれる人たちは、全員が灰色または白と黒の縞もようのミトンをはめます。ヤーニスは、白と黒の二色だけであんであるミトンをはめて、両親の墓標をはこびました。ふだん身につけるミトンは、作る人が色ももようも自由に決めますが、人の死にかんしては、いくつか、そうではないミトンが存在するのです。

最後の鐘をついてくれる人のためのミトンは、黒地に青と緑でもようの入ったミトンです。たいていは、親しい友人や家族に、それらの役を引き受けてもらいます。

ヤーニスが手にはめた白と黒のミトンは、マリカがおよめ入りするときにあんだものでした。ながもちには、自分用と夫用に、お葬式のためのミトンもあんで入れておくのが習わしです。それらを、自分や夫が旅立つときに使ってもらうためです。

お葬式が終わってから、ヤーニスは、りんごの木の下のブランコにすわってたくさん泣きました。みなしごになってしまったヤーニスの背中を、マリカがやさしくやさしくさすります。とても悲しい涙でした。

その姿を見つめながら、マリカは自分の胸にちかったのです。これ以上、ヤーニスを悲しませてはいけないと。自分は、絶対にヤーニスより長生きしようと。

でも、長生きするのはたった一日でいいのです。

だって、マリカもまた、ヤーニスなしでは生きられませんから。だから一日だけ、ヤーニスより長生きさせてくださいと、運命の神さまにお願いしました。

冬の時代は、思っていた以上に長引きました。

氷の帝国に支配された後、いったんは戦が終わったものの、ふたたび氷の帝国に占領されてしまったのです。ルップマイゼ共和国の人々は氷の帝国を腹の底からにくみ、嫌悪しました。

けれど、ささやかですがいいこともありました。それは、マリカが二十七歳のときの春のこと。

なんと、ふたりの家にすばらしいお客さまがやってきたのです。

最初にそれを見つけたのは、ヤーニスでした。

ヤーニスは手にトマトの苗を持ったまま、興奮した様子で家の中にかけこみます。

マリカは、台所でクリョッキスを作っているところでした。

先日のお祭りのときに作った白パンの残り生地にカッテージチーズを入れ、ひとくちサイズに丸めてお湯でゆがくのです。それを、ちょうど取り出そうとしていたところでした。クリョッキスはヤーニスの大好物なので、マリカはいつも、多めに白パンの生地をしこみます。そのパンに、甘いソースをからめたお菓子がクリョッキスです。

「マリカさん、すごいよ！　とんでもないことが起きてるんだ！」

台所へかけこんできたヤーニスは、早口でマリカに伝えました。けれど、マリカには何がすごいのかさっぱりわかりません。

なべの中の様子をうかがっていると、

「コウノトリが、しかも白いのじゃなくて黒いコウノトリがやってきたんだ。今、うちの庭で休んでいるんだよ！」

ヤーニスは目をまんまるにして言いました。

「えっ、黒いコウノトリですって⁉」

マリカは、驚きのあまりあやうくなべをひっくり返しそうになりました。

だって、黒いコウノトリなんて、今まで一度も見たことがないのです。もちろん、黒いコウノトリがいるということは知っています。けれど、実際に黒いコウノトリをその目で見たことがあるという人には、マリカ自身、まだ会ったことがありません。

コウノトリは、その家に幸運をもたらすといわれています。黒いコウノトリなら、なおさらというもの。興奮しないでいることの方が無理な注文です。

マリカは、ゆですぎないよう、なべの中からクリョッキスを取り出しました。

それからふたりは、かざり窓からそーっと庭をながめたのです。

マリカは、目の前の光景に息をのみました。

たしかに黒いコウノトリが一羽、使われなくなった古い電柱のてっぺんにとまって羽を休めています。

と、そこへもう一羽、今度は白いコウノトリがやってきました。颯爽と翼を広げるその姿は、まるで最新式の小型飛行機のようです。

下からだと、風切羽の黒い色が目立ちました。細く長い棒のような脚は、秋の終わりを告げる紅葉のような赤い色です。マリカもヤーニスも、こんなに間近でコウノトリを見るのははじめてです。

「なんて立派で、美しいのかしら……」

マリカは、ため息まじりにつぶやきました。

「目のまわりが、化粧しているみたいだね」

ヤーニスも、新しい発見を口にします。

ふたりは、うっとりとしたまま言葉をかわしました。まだ、夢を見ているような気分なのです。目の前で起きていることを、どう信じればいいのかわかりません。

そうやってふたりは、息をひそめ、抱き合うようにしてコウノトリを見つめつづけたのです。白いコウノトリと黒いコウノトリのコントラストは、この世のものとは思えませんでした。

その夜、ふたりは久しぶりにシマコーフカを飲みます。ただし、大騒ぎはできませんから、こっそり、かくれてお祝いしたのです。

ヤーニスは、盃の半分もあけていないのに、すぐに顔を赤くしてねてしまいました。けれど、おばあさんゆずりのマリカは、うれしくてたまりません。くり返し、シマコーフカを飲み干します。

マリカは、何度もカーテンをめくっては、暗闇に目をこらしました。もちろん、真っ暗なので、コウノトリ夫妻を見ることはできません。けれど、確かにそこにいると思うだけで、胸の底がほんのりあたたかく感じるのです。

マリカは、希望の感触を思い出していました。希望とは、明日もきっと楽しい一日がやってくるだろう、という明るい予感のようなもの。マリカは久しぶりに、朝が来るのをじれったい気持ちで待ちわびたのです。

翌朝、マリカが起きると、すでにヤーニスは窓辺の椅子に腰かけて、コウノトリを見ていました。手にしているのは、古い双眼鏡です。そのレンズごしに、コウノトリ夫妻の様子を観察しているのです。

「ラブ・リート」(おはよう)

マリカは、いつもよりもうんと控えめな声で、ヤーニスの耳元にささやきました。ヤーニスもまた、マリカと同じように声をひそめてささやきます。マリカは、あいかわらず電信柱の上にコウノトリがいるのを見て、安心しました。

実は、コウノトリが別の場所へと飛び立ってしまうのではないかと心配で、マリカもヤーニスもよく眠れなかったのです。けれど、ふたりの心配をよそに、コウノトリ夫妻は昨日と同じ場所で羽を休めています。

コウノトリは、はるばる何千キロもの長旅のすえ、アフリカ大陸から渡ってくるのです。

ですから今は、しずかな環境でゆっくり休んでもらわなくてはなりません。

マリカは、窓の向こうのコウノトリをちらちらと見ながら、朝ごはんの準備にとりかかりました。

まずは庭でとれた薬草を煮だして、ミルクティーを作ります。その間に、じゃが芋をたっぷりすりおろして粉とまぜ、じゃが芋のパンケーキのたねをこしらえます。

だいたい、朝ごはんはいつもこんな感じでした。マリカはパンケーキに、バターとはちみつをたっぷりかけて食べますが、ヤーニスにはベーコンを一枚、焼いてあげます。

けれど、いつもと同じ朝ごはんのはずなのに、窓の向こうにコウノトリ夫妻の姿が見えるだけで、なんだか特別な気分になるのです。

ふたりは、新婚旅行どころか、旅行自体したことがないのですが、この日の朝はまるで、異国の地にやってきて、豪華な五つ星ホテルの朝食を、ゆっくりと時間をかけて味わっているような気分になりました。

コウノトリがその家に幸せをもたらす、というのは、まぎれもない事実なのだということを、マリカもヤーニスも、焼きたてのパンケーキを口に含みながら嚙みしめていたのです。

ふたりが朝食を終えるころ、聞きなれない音が響いてきました。

カッ、カッ、カッ、カッ。

カッ、カッ、カッ、カッ。

見ると、二羽のコウノトリが向かい合わせになり、お互いに頭をのけぞらせるようにしながらくちばしをならしています。これは、クラッキングと呼ばれるコウノトリ独特の仕草でした。

コウノトリには、声を出すための筋肉がありませんので、ほかの鳥のように鳴くことができません。そのかわり、コウノトリは上下のくちばしをかちあわせるようにして、独特のかわいた音をならします。コウノトリ夫妻は、ときどきおじぎをしあうような仕草をしながら、お互いに求愛するのです。

マリカは、その音を聞きながら、しずかに食事の後片づけをしました。洗いかごにお皿を置くときも、大きな音が出ないよう細心の注意をはらいます。マリカは、このままずっとコウノトリ夫妻が家の庭にいてくれることを、夢見るようになっていました。

ヤーニスもヤーニスで、つねにコウノトリ夫妻の様子を気にしながら、ミツバチたちのお世話をします。なんだか、やる気がみなぎってくるのです。ヤーニスは、いつにもましてしごとに精を出して働きました。

ひと晩自分の家にとまってくれたお客さまは、もはや家族も同然です。ヤーニスは、急ににぎやかな家族がふえたことを心からよろこびました。そして、少しでも快適に、楽しく過ごしてもらいたいと考えていました。コウノトリ夫妻が自分たちの庭を選んでくれたことが、ヤーニスにとってはほこらしかったのです。

次の日も、また次の日も、白と黒のコウノトリはふたりの庭にいます。どうやら、マリカの夢が現実になったようです。

やがてコウノトリ夫妻は巣を完成させると、巣の上で交尾をくり返し、卵をうむようになりました。コウノトリ夫妻にとっては、とても大切な時期です。マリカとヤーニスは、夫妻を驚かせないよう、ドアの開け閉めや、テーブルにスプーンを置くのにも、いちいち気をくばります。

もしも、床にコップを落としてガチャンと大きな音を立ててしまったら、夫妻がびっくりして巣をはなれてしまうかもしれません。そうなったら、卵が巣に取り残されてしまいます。卵というのは、れんめんとつづく命のつながりの結晶です。そんな神さまからの贈りものを、自分たちの不注意で無にしてしまうことほど無礼な行いはありませんでした。

卵は、夫婦が交代であたためていました。どうやら、黒いコウノトリの方がオスのようです。ヤーニス同様、とてもやさしい愛妻家でした。基本的にコウノトリは、生涯にわたって一羽の決まったパートナーとだけつがいになるといわれています。

コウノトリの主食は、ザリガニや野ネズミ、昆虫です。ときには、小型のヘビをおいしそうに食べていることもあります。

ただし、双眼鏡をのぞくのはヤーニスだけで、マリカは双眼鏡を使いません。なんだかコウノトリ夫妻のプライベートを盗み見しているようで、夫妻に申し訳なく感じるからです。けれど、さすがに一羽目のひなが誕生したときだけは、がまんできずにマリカも双眼鏡をかり、巣の様子を観察しました。

ただ、巣は高い場所にあるので、なかなか詳しくはわかりません。それでも、コウノトリ夫妻の足元に、別の何かがいることだけはわかります。

無事にひながかえったなんて、しかも自分たちの庭で産声をあげたなんて、こんなに幸運なことがあるでしょうか！　ふたりの結婚生活においては、歴史的ともいえる記念すべき出来事です。

ふたりは、その様子を見守りながら、手に手をとりあってよろこびました。冬の時代が訪れてからはじめてといってもいいくらいの感動だったのです。

子育てがはじまると、コウノトリ夫妻はかわるがわるふたりの畑にやってきて、ミミズをついばみ、巣に持ち帰ってひなに与えるようになりました。マリカとヤーニスの畑には、ミミズがたくさんいます。ふたりは気前よく、ミミズをコウノトリ夫妻に分けてあげます。そのおかげで、ひなも元気に育っていました。

　マリカとヤーニスは、窓辺で時間を過ごすことが多くなりました。この時期だけは、外にあるブランコも禁止です。とにかく二羽のひなが無事に大きくなるよう、ふたりは自分たちの庭をコウノトリ一家へ、一時的にですがゆずることにしたのです。

　やがてひなたちは、両親と見分けがつかなくなるほど立派な姿に成長しました。最初はグレー一色でしたが、次第に風切羽も生え、目のまわりの赤いアイシャドーがきわだつようになりました。両親と同じように、くちばしの上下を合わせてクラッキングもできます。だから以前にもまして、マリカとヤーニスの家はにぎやかです。

　カッ、カッ、カッ、カッ。

　カッ、カッ、カッ、カッ。

　まるで、打楽器の演奏をする鼓笛隊のようです。

　その音を聞くたびに、マリカもヤーニスも、ゆかいな気分になりました。ときにはにぎやかすぎることもありますが、ふたりは一度だってその音を、うるさいと感じたことはありません。

　ある日、ヤーニスは、色えんぴつでコウノトリ一家の絵をかいて、それを玄関の入り口に貼りました。その下にはマリカの字で、〈ごらんになりたい方は、呼び鈴を押してください。

ただし、コウノトリ一家を驚かさないよう、おしずかに願います〉と書きそえます。

ふたりは、ひながある程度大きくなるまで、ふたりの庭にコウノトリの巣があることを内緒にしていたのです。けれどもう、お披露目しても大丈夫です。

黒いコウノトリを含む一家の姿をひと目見ようと、ご近所さんや通りすがりの旅人が、ふたりの家を訪ねてくるようになりました。

そんな突然の訪問にも、マリカとヤーニスはこころよくお客さまを家の中に招き入れ、窓辺の特等席へと案内します。マリカは薬草茶や白樺ジュースでおもてなしし、ヤーニスははじめて黒いコウノトリがやってきた日のことや、ひなが誕生したときの様子などを事細かに話して聞かせるのでした。

ふしぎなことに、人見知りで内気なヤーニスが、コウノトリの話題となると、人間相手でも饒舌に話すことができました。そのことを、マリカは気づいていましたが、ヤーニス本人は全く気づいておりません。つまり、ヤーニスの性格をかえてしまうくらい、コウノトリ一家の力は絶大だったということです。

こうして、マリカとヤーニスだけでなく、村の人たちもまた、コウノトリがもたらす幸せをともに味わっていました。そのころ、みんなの心がしずんでいたので、黒いコウノトリを含む一家の存在は、村人たちの大きな希望となったのです。

vēlos redzēt
lūdzu būt kluss
Stārku

けれど、出会いがあれば、別れもあります。

夏の終わりごろ、コウノトリ一家は、一羽、また一羽と、ふたりの庭を飛び立ちました。

ふたたび、アフリカの地へもどって冬をこすためです。マリカもヤーニスも、これが本来のあるべき姿であり、さけられない自然の摂理なのだと頭ではわかっているつもりです。でも、やっぱり切ない気持ちはごまかせません。

「また、一羽飛び立ったね」

そうつぶやくヤーニスの目には、涙が浮かんでいます。だって、ヤーニスは本当に楽しかったのです。もう、家の庭にコウノトリ一家がいることが、当たり前になっていました。

「でも、きっとまた会えますよ。来年になれば、私たちの庭にやって来てくれますから」

マリカは、精いっぱいの明るい声で、ヤーニスをなぐさめます。仲がいいといわれているコウノトリのつがいは、同じ巣を、毎年ちょっとずつリフォームしながら使いつづけるとされているのです。

「絶対に、絶対にまたもどってきてくれます」

マリカは、そう自分自身に対しても言いながら、そっと目じりの涙をぬぐいました。

最後に飛び立つコウノトリを、マリカとヤーニスは窓から手をふって見送りました。

あんなに大きいコウノトリが、みるみる小さな点になって、やがて空にかくれて見えなくなります。

また、ふたりだけのしずかな日常がはじまりました。

ヤーニスは、空を見あげるたび、今ごろコウノトリたちはどうしているだろう、どの空を飛んでいるのだろうと、想像の翼をはためかせます。

マリカも、家のそうじをしたりパン生地をこねながら、白と黒のコウノトリ夫妻がいつまでも仲たがいせずにいてほしいと願うのです。

ふたりは、心の中ではいつも、コウノトリたちの無事を祈っていました。

その願いが、つうじたのでしょう。

以来、コウノトリ夫妻は、毎年、ふたりの庭を訪れます。

コウノトリが、春をはこんでくるのです。


コウノトリのひなが無事に巣立って大空を飛んだとき、ヤーニスはあることを心に決めていました。

「マリカさん、ちょっと大事な話があるんだけど」

そのときマリカは、日当たりのよい庭の一角に、洗濯物を干しているところでした。

家の中にもどると、ヤーニスがココアをいれて待っています。それは、マリカが好きなチョコレートを、ナイフでけずってミルクでのばした飲み物でした。けれど、チョコレートはぜいたく品なので、ふだんはなかなか飲むことができません。せいぜい、ふたりの誕生日やクリスマス、お正月に飲むくらいです。

ヤーニスがココアをいれたのには、理由がありました。これから、マリカと大事な話をしなくてはいけないのです。場合によっては、マリカを傷つけてしまうかもしれません。そうなったときのために、ヤーニスはマリカの心を少しでもいやすことができるよう、ココアを作ってあげたのです。

マリカに自分の気持ちが伝わることを祈りながら、ヤーニスはていねいにココアをかきまぜます。ココアには、自分のとったじまんのはちみつをたっぷり入れました。

「どうぞ」

ふたりは、テーブルをはさんで向かい合ってすわりました。そこからだと、窓の向こうにコウノトリの巣がよく見えます。細い木の枝を組み合わせて作った巣はとても頑丈にできていて、どんなに強い風が吹こうとびくともせず、そのままの姿を保っていました。

ヤーニスは、コウノトリの巣を見つめています。それから、マリカの手に、そっと自分の手をかさねました。

「僕が思うに、」

ヤーニスは、ぼんやりと空を見たまま切り出します。空には、ガーゼのようなうすい雲が広がっていました。これから青空になるのか、それとも雨がふるのかわからないお天気です。

ヤーニスはつづけました。

「きっと、僕たちの子どもは、コウノトリなんじゃないかな？　コウノトリは幸せをはこんできてくれるといわれているけど、コウノトリそのものが、僕らにとっては子どもだと思うんだ」

ヤーニスは、勇気をふりしぼってひと息に言いました。それはつまり、もう自分たちの子どもをもつのはあきらめようという提案です。

けれど、話しているうちに、ヤーニスの声はどんどん小さくなりました。それは自分の考えであって、マリカはやっぱり、自分たちの赤ちゃんをのぞんでいるかもしれないのです。

それは、だれよりもヤーニスがよく知っていました。けれど、どんなに強くのぞんでも、神さまにすがるようにお願いしても、ふたりの元に赤ちゃんは来てくれなかったのです。

「結婚して、もう十年になるわね」

しばらくして、マリカはぽつりと言いました。けれど、そこから先の言葉がつづきません。

たしかに、ヤーニスとふたりだけのくらしでも、じゅうぶん幸せです。けれど、にぎやかな家庭で育ったマリカにとって、自分もまたにぎやかな家庭を築きたい、という気持ちはすてきれませんでした。自分とヤーニスの子どもに会ってみたいという思いもあります。小さな赤ちゃんを抱っこするヤーニスがどんな表情を浮かべるのか、そんなことを想像しては、うっとりしてきたのです。ヤーニスに、わが子を見せてあげたいと思っていました。

「でも、」

マリカは泣き笑いの表情を浮かべてつづけます。

「赤ちゃんは私たちを選んでくれなかったのよね」

うすうす気づいていたことですが、こうして声に出してヤーニスに伝えるのははじめてです。ヤーニスは、マリカの手をぎゅっと強くにぎりしめました。

マリカは、ふと顔をあげると、窓の向こうに目をやります。そこには、コウノトリの巣がありました。もちろん、もう中は空っぽで、だれも住んでいません。けれど、マリカの胸には、コウノトリ一家がいたころの様子がありありとよみがえりました。と同時に、コウノトリ一家が庭にいる間、自分たちがいかに幸せで、毎日、よろこびに満ちていたかを思い出したのです。

たしかに、コウノトリと人間の赤ちゃんとでは、姿はまるで違います。言葉も、交わすこ

とができません。いっしょに食卓を囲むこともできませんし、抱っこも無理です。けれど、マリカの心の泉からわきでる感情は、相手がコウノトリだろうと人間の赤ちゃんだろうと、いっしょなのかもしれない、とマリカはふとそんなことを思ったのです。

「同じなのかもしれないわね」

マリカは、そう声に出して言いました。

「きっと、愛情は、かわらないのよ。コウノトリでも人でも、私の愛情はかわらないわ。神さまが、コウノトリにたのんで、私たちのかわりに赤ちゃんをうんでくれたのかもしれないわね」

突拍子もない考えでしたが、マリカはそう言葉にするうちに、だんだんそれが真実であるように感じたのです。マリカは、つづけました。

「何万とある家の中から、私たちの庭を選んできてくれたのだもの。しかも、黒いコウノトリが。それだけで、もうじゅうぶん幸せ。それ以上の幸せをのぞむのは、よくばりだわ」

話しているうちに、マリカの心はだんだんと晴れてきました。ヤーニスの心にも、光がさします。

「そうだね、僕たちには、コウノトリの家族ができたんだよ！」

ヤーニスは、大発見をしたような気持ちになって言いました。きっと、本当にそうなのです。人間の赤ちゃんがうまれるかわりに、マリカとヤーニスの家には、コウノトリが来てくれたのです。考えようによっては、その方が貴重です。

それに今の時代、何が幸せで何が不幸かということも、よくわかりませんでした。たとえ家族に祝福されながら赤ちゃんがうまれても、平穏に生きられる保証はどこにもないのです。むしろ、氷の帝国の支配下で、不自由な、かこくな人生を強いられるかもしれません。それならば、翼を広げて自由にどこへでも行けるコウノトリを家族にもった方が、幸せだとも考えられます。

マリカの方に顔を向けると、彼女は笑顔でヤーニスを見つめ返しました。その笑顔を見て、ヤーニスは胸をなでおろしたのです。

この日からふたりは、自分たちの子どもは、コウノトリなのだと決めました。そのことをお互いに確認し合うと、ふたりはとても楽な気持ちになったのです。

それに、子どもならほかにもたくさんいます。マリカのお兄さんたちには、めいっ子やおいっ子がうまれていましたし、おとなりの若夫婦にも、かわいい男の子が誕生したばかりです。

その子たちの面倒を見ることも、マリカやヤーニスの役割であると、夫婦はそう考えたのです。そんなに長く子どもをさずからなかったということは、自分たちに子どもは必要ないというメッセージなのかもしれません。

だから、さみしくなんかありませんでした。むしろ、心の中にはすみきった青空が広がっています。ふたりにとって、自分たちの赤ちゃんをさずからなかったことはとてつもなくつらい出来事でしたが、そのおかげで、コウノトリと出会えた、コウノトリ夫妻との絆を強く結ぶことができた、ともいえるのです。

もしもふたりが子宝に恵まれていたら、きっと、コウノトリ夫妻をあんなにおもてなしすることはなかったはずです。子宝に恵まれなかったからこそ、コウノトリ夫妻が来てくれたことをよろこび、一家との同居を楽しめたのです。

ふしぎなことに、そのことを決めてからというもの、ふたりの庭には、たくさんの動物たちが次から次へとあそびにくるようになりました。

ハリネズミも、そんなかわいいお客さまのひとりです。ヤーニスはさっそく、ハリネズミが雨宿りするための、小さな小屋をたててやりました。

やがて、広くとっていた子ども部屋は、植物たちが冬をあたたかく過ごすための温室になりました。屋根をガラスにかえると、冬でも光が届きます。

その温室で、ふたりはよくどんぐりコーヒーを飲みました。柏の木から落ちてきたどんぐりを、いってから粉にしたものです。これがまた、香ばしくておいしいのです。

それを、ちびりちびりと飲みながら、おしゃべりしたり、見つめ合ったり、ときにはトランプやオセロをしてあそんだりします。お天気が悪くて外のブランコにのれないときは、温室で、ふたり仲よくコーヒーを飲みながら過ごすのです。

それを見守るたくさんの植木鉢もまた、ふたりにとっては大切な家族の一員でした。


春まだき、冬の時代はつづきます。それでも、ふたりはあきらめません。

マリカは、月曜日になると一週間分の黒パンを焼きました。何はともあれ、黒パンさえあればうえをしのげます。火曜日には針しごとやあみものをし、水曜日には庭の草花の手入れをし、木曜日には洗濯をします。

金曜日にはそうじをして、気持ちよく週末をむかえる準備をします。

土曜日は、ヤーニスといっしょに朝から畑しごとに精を出し、午後はふたりで台所に立ってごちそうを作るのがお決まりでした。

そして日曜日は、ヤーニスとデートをするのです。

マリカとヤーニスは、日曜日が待ち遠しくてなりません。日曜日を楽しく過ごすために、それ以外の日はがんばって働くのです。ふたりは空もようを見ながら、一週間かけて次の日曜日に何をするかを相談します。

春は、白樺の森を散策がてら、白樺ジュースをとりに行きます。とった樹液は、家に持ち帰ってからシナモンや干しぶどうを入れて発酵させますが、発酵させる前の樹液そのものもまた、ういういしい春の香りがしておいしいのです。

ヤーニスは、森の中でとりたての白樺ジュースを飲むのが大好きでした。そのたびに、自分は白樺の木に変身した、と言ってマリカを大笑いさせるのです。

初夏になれば、森へベリーつみに行かなくてはなりません。苔のじゅうたんの上には、ブルーベリーや木イチゴがたわわに実をつけ、一日中森にいてもつきることがありません。生で食べきらない分は、ジャムにして、一年中、森の恵みを味わいます。

真夏は、もちろん湖です。

湖の水が冷たくなって泳げなくなってしまってからは、ふたたび森へもどってキノコ狩りをするのです。

森に行くと、ふたりは大きな声で歌いました。歌いながら、おどりました。

森の中にいるときだけは、自由になれます。だれも、ほかの人など見ていません。ふだんは心の中でしか歌えない歌を、森にいるときだけは思いっきり声を出して歌うのです。

冬は、ふだん養蜂のしごとでいそがしいヤーニスにとって、お待ちかねの季節です。

凍った川の上で釣りをすることが、ヤーニスは好きでした。寡黙で気の長いヤーニスにとって、釣りほどふさわしい趣味もありません。冬の魚釣りほど、心を無にできるひとときはないのです。

ある年のクリスマスに、マリカはヤーニスのために、釣り用のミトンをあんでプレゼントしました。指先だけ出ている釣り用のミトンなら、ミトンをはめたままでも釣り針に餌をつけることができます。

「マリカさん、これはすごい！　すばらしいミトンだよ」

ヤーニスはめずらしく興奮していました。

「僕は、このミトンを、世界中の釣り仲間にプレゼントしたいくらいだよ」

これまでは、釣りに行くと、どうしても手がかじかんで動かなくなってしまったのだそうです。けれど、マリカがあんだ釣り用のミトンをはめたところ、手がこごえることなく、釣りをする時間をより楽しめたというのです。

予想以上に大きいヤーニスの反応を見て、マリカもうれしくなりました。

実は、釣り用のミトンというのは、結婚式のためにあんだ五本指のミトンと並ぶほどのむずかしさなのです。指は、五本に分かれていますが、それらは指先をすべておおうのではなく、親指以外は途中でとめて、指先が外に出るような仕組みです。けれど、そのままでは指先がこごえてしまうので、指先をおおう別のカバーをさらに追加であまなくてはなりません。

通常のミトンをあむ、何倍もの時間と手間がかかります。

はじめて釣り用のミトンに挑戦しながら、マリカは途方にくれてしまいました。内心、もう二度と釣り用のミトンなどあむものか、と思っていたほどです。

けれど、夫のうれしそうな笑顔を見ていると、マリカは自分の苦労などとるに足らないものだと感じました。そして、また来年も釣り用のミトンをあんであげようと、心にちかったのです。

こうして、マリカは毎年クリスマスが近づくと、ヤーニスのためにひときわ難易度の高い釣り用のミトンをあむようになりました。

マリカは、釣り用のミトンをあみながら、ある大切なことに気づきます。それは、だれかにミトンをあんであげるということは、その人にあたたかさをプレゼントすることでもあるということ。

その人と直接手をつなげないかわりに、マリカはミトンをあんでいるということに、気づいたのです。ミトンは、マリカの手の温もりの分身でした。

マリカは、ヤーニスの指先がこごえませんように、というやさしい祈りを込めながら、毎年、心をこめてミトンをあみます。美しくてあたたかいミトンをあむことが、マリカにとっての生きるよろこびになっていました。

# 第6章　キュウリのピッピの作り方

春、夏、秋、冬。

どんな季節も、マリカとヤーニスは、ともに笑い、ときには冗談を言い合ってのりこえます。ルップマイゼ共和国の人々は、つらいときこそ、楽しそうに笑うのです。

気がつくとマリカは、笑顔のにあうとても強い女性になっていました。

ヤーニスもまた、マリカをやさしい愛で包みます。

ふたりは、ともに生きることで無限の力を手に入れたのです。それは、スイカズラの花言葉。愛の絆という、魔法だったのかもしれません。

けれど、世の中の状況はますます厳しくなるばかりです。

ヤーニスの元には、黒地に青と緑でもようの入ったミトンが集まるようになりました。つまり、よく最後の鐘つきをお願いされるということです。

口下手で、恥ずかしがり屋で、おべんちゃらのひとつも言えないヤーニスが、なぜだか最後の鐘つきをたのまれるのです。

それは、ヤーニスを信頼していた人が、たくさんいたという証かもしれません。目立たないだけで、ヤーニスには多くの友人がいました。

ヤーニスのつく鐘の音は、美しいと評判です。大いなる悲しみをたたえつつも、ほんの少しのほがらかさを含み、なくなった人の魂を送り出すのに、これ以上ないというくらい清らかな音色なのです。

つつしみぶかい鐘の音は、お葬式の参列者の胸の深いところに、きざまれました。だから、ヤーニスのつく鐘の音を一度でも聞いたことのある人は、その美しさが忘れられなくなってしまうのです。そしてできれば自分も、ヤーニスの鐘に見送られて旅立ちたいと思うようになるのです。

マリカも、できることならヤーニスに、最後の鐘つきをお願いしたいと思っていました。けれど、ヤーニスよりも長生きすると決めた以上、それはむずかしいのかもしれません。といって、ヤーニス以外にお願いしたい人も、今のところ思いつかないのですが。

もちろん、マリカにも友人はたくさんいます。数でいったら、ヤーニスよりもはるかに多いでしょう。けれど、ヤーニスは、特別なのです。ヤーニスと出会った人は、知れば知るほど、ヤーニスのとりこになってしまうのでした。

こうして、ヤーニスの元にはますます、鐘つき用の特別なミトンが集まってくるというわけです。

旅立つ人の中には、まだ若い人たちも含まれていました。そういうことが、国のいたるところで起きていたのです。わけもなく、その場で殺されてしまった人たちもいます。何ひとつ悪いことなどしていないのに。本当に、おぞましい時代でした。

それでも、マリカは心のどこかで、ヤーニスは大丈夫だと安心していました。ヤーニスは、養蜂家です。けなげに、つつましく生きています。何もやましいことなどありません。

マリカは、ふだん通りにくらすことがいちばんの気休めになると思い、今まで以上にていねいなくらしを心がけました。

かざりのついた窓は、つねにピカピカ。家の中には、美しい花をかざることを忘れません。料理も、心を込めて作ります。

夏は、畑がどんちゃん騒ぎです。特にキュウリは、とってもとっても、次から次へと大きくなるので、休むひまがありません。ですからマリカは毎日のように、キュウリのピッピを作ります。

キュウリのピッピは、マリカが考えた料理です。

生のキュウリを使った、サラダともピクルスとも違う、びみょうな食べ物がピッピでした。井戸水でももちろん作れるのですが、キュウリのピッピを作るときだけ、マリカはわざわざ森の入り口まで出向いて、泉からおいしい水をくんできます。

その泉は、かつてマリカがヤーニスと結婚する前、はじめてふたりで夜を明かした夏至祭の晩に立ち寄った場所でした。

以来、泉はマリカにとって特別な場所です。その森のわき水で作るキュウリのピッピは、絶品でした。

キュウリのピッピの主な材料は、とれたてのみずみずしいキュウリだけです。

キュウリは、最初に両端を手でちぎるようにして落とします。このとき、ナイフで切るのではなく、必ず、手でちぎることが大切です。

そこに、井戸水、もしくは泉のわき水をたっぷりと注ぎます。一度わかしたお湯では酸素がぬけているので、生の水を使わなくてはいけません。

調味料は、フサスグリの葉っぱと、にんにく、茎がついたままの姫ウイキョウ、洋がらし、以上です。

これを二日ほどつければ、キュウリのピッピの完成です。けれど、つけてすぐに食べる若いピッピもまた、おいしいのです。夏の間、ふたりはピッピばかり食べて過ごします。

キュウリのピッピが終わると、次に食卓をかざるのはりんごです。

りんごは、みなしごを守る御神木なので、どこの家の庭にもりんごの木が植えてあります。特にりんごは体にもいいしおいしいので、マリカとヤーニスは、自分たちの新しい家をもったとき、りんごの木の苗をたくさん植えたのでした。そのりんごが、立派な実をたわわにつけるようになったのです。

りんごが赤く色づくと、ふたりは協力してりんご狩りをしました。

はしごを使ってヤーニスがつんだりんごを、マリカが下で受けとめます。ふたりの頭上には、まるで宇宙空間にただよう惑星のように、りんごが赤く光っています。

そんな光景を見ると、ヤーニスはノートに詩を書きたくなりました。けれど、そんな余裕はありません。まずは目の前のりんごを、つみとらなくてはいけないのです。

毎日まいにち、かごいっぱいのりんごがとれました。それをすぐに台所にはこんで、調理しなければなりません。

りんごというくだものは、見ているだけでやさしい気持ちになります。そのうえ香りもよく、しかも食べておいしいなんて、すばらしい才能です。

マリカとヤーニスがもっとも好きなのは、りんごを使ったバターケーキでした。自家製の

バターに、これまた自家製のはちみつを使い、りんごをたっぷり入れて焼いたケーキは、マリカじまんのお菓子です。マリカのおかあさんは料理上手で有名ですが、りんごのバターケーキだけは、マリカの方がおいしく焼けました。

焼きたてができると、ふたりは必ずどんぐりコーヒーをいれて、いっしょに食べます。甘酸っぱいりんごが、口の中のすみずみにまで広がると、なんとも満ち足りた気分になりました。

それだけで、幸せなのです。だから、庭からもぎとったりんごで作るりんごのバターケーキを食べる幸せだけは、是が非でも守らなくてはならないと、ふたりはそう考えていました。

色鮮やかなミトンをあんだり、りんごのバターケーキを焼いたり、どんぐりコーヒーをおいしく飲むことが、横暴なふるまいをしつづける氷の帝国に対しての、しずかな抗議行動だったのです。

心の中で思いっきり明るい歌を歌うことで、マリカはつらい時代をたえようとしました。

それでも、氷の帝国は、ようしゃしてくれません。

とうとう、ヤーニスにも、連行の命がくだされたのです。国を愛しているという理由で祖国を出なくてはいけないなんて、なんという悲劇でしょう。

マリカは、一睡もせず、ミトンをあみました。

ヤーニスに、どうしても、新しい丈夫なミトンを持たせてあげたかったからです。そしてどうか、無事に帰ってきてほしかったのです。

気がつくと、マリカは馬屋神の文様を選んでいました。馬屋神は、馬とミツバチ、そして光の神さまです。人との絆を強くし、旅人を守ってくれるといわれています。

途中、赤い色が足りなくなり、マリカは、昔おばあさんが作ってくれたという真っ赤なミトンをほどいて、それをヤーニスのミトンに加えました。そのミトンだけは、なんとなくほどくのがもったいなくて、そのまま残してあったのです。

あたたかくするため、内側もあんで、二重構造のミトンにします。

丸二日かかって、マリカはヤーニスのミトンを完成させました。それからすぐに、台所に立って黒パンを焼きます。

ヤーニスの健康と平和を願いながら、生地をこねました。

黒パンの表面には、サウレの文様をつけます。サウレは太陽の神さまです。マリカはもう、自分の力ではどうすることもできない、サウレの力におすがりするしかないと考えたのです。

文様を作った白パンの残り生地で、マリカは急きょ、クリョツキスも作ることにしました。ヤーニスの大好物であるお菓子を、最後におなかいっぱい食べさせてあげたかったから。

はちみつとクリーム、それにバターを合わせたソースを、たっぷりとパンにまぜていきます。よその家では、はちみつではなく砂糖を使うようですが、マリカが作るときは、ヤーニスのはちみつをたっぷりと入れるのです。養蜂家の妻の特権です。

まだできたてのあたたかいクリョツキスを、マリカは大きなお皿に移し、庭へはこびます。

それから、ふたり並んでりんごの木の下のブランコにすわって食べました。

クリョツキスを食べるとき、ヤーニスは子どもの顔にもどります。

マリカは、その横顔を見るのが好きでした。だって、本当にうれしそうに、幸せそうに食べるのです。

その顔を見ていたいから、マリカはあまりクリョツキスを食べません。味見のため、ひとつだけ口の中に入れるだけです。

でも、そのとき、味はわかりませんでした。泣かないように、涙をこらえるのに精いっぱいでしたから。

ヤーニスは、マリカの作ってくれたクリョツキスを、残さずに全部食べました。

それから、クワクレを弾いてくれたのです。

そのクワクレは、ヤーニスの両親が旅立ったとき、ヤーニスが森に入って切りたおしたトウヒの木から作ったもの。ルップマイゼ共和国では、神さまから与えられる神聖な楽器です。

ヤーニスは、やさしく、しずかに、クワクレの弦をはじきます。まるで、そよ風がそっと愛をささやくような音色です。

陽が沈むまで、ヤーニスはクワクレをかなでました。マリカは、その音色に抱かれるように、そっと目を閉じて聞き入ります。この時間がいつまでもつづくことを願わずにはいられません。ゆっくりと、夜のとばりがおりてきました。

とび色の空に、一番星があらわれます。一番星は、ブランコにのるふたりを、無言のまま見つめていました。

秋でした。マリカは、三十歳。麦の穂が、黄金色にかがやいています。

「ラブ・ツェリャウェーユ！」（いってらっしゃい）

マリカは、声をかぎりに叫びました。ルップマイゼ共和国の言葉で、よい追い風が吹きますように、という意味です。

ヤーニスは、マリカが夜なべして作ってくれたミトンを高らかにかかげ、大きく手をふりました。リュックにはたくさんの黒パンが入っています。

マリカは、ヤーニスを笑顔で見送ることができました。そのことを、何よりも誇りに思います。だって、ヤーニスは絶対にまた帰ってきますから。ふだん通りの声で、「アムス・クラート！」と玄関の扉を開けるに決まっているのです。それは、もしかすると明後日かもしれないし、一週間後かもしれません。

それまでの間、マリカはひとりで、この家を守らなくてはなりません。さみしがっているひまなど、これっぽっちもないのです。

ヤーニスの背中が小さくなって見えなくなるまで、マリカは手をふりつづけました。それから、ひとつだけ小さなため息をつき、家の中にもどったのです。

台所をかたづけながら、ふと、ヤーニスと口づけするのを忘れたことに気がつきました。それを思ったら、ひと粒だけ、ぽとりと涙が落ちてマリカの手をぬらします。

その日の夜、マリカが作ったのはキノコを入れたグラタンでした。グラタンには、ヤーニスの好きだったチーズをたっぷりふりかけます。

それからというもの、マリカはいつも、少しだけ料理を多めに作るようになりました。いつ、ヤーニスが帰ってきても、おなかを満たしてあげるためです。


次の日から、マリカは、針しごとに精を出しました。ヤーニスが留守の間に、やっておこうと思ったのです。

よく見れば、毛糸のくつ下のかかとの部分がうすくなっています。ミトンにも、小さな穴がたくさんできていました。

その穴を、ひとつひとつ糸でぬってつくろいます。そうやって、ヤーニスを気持ちよくむかえられるようにしたかったのです。

くつ下やミトンのつくろいが終わると、マリカは、ヤーニスのために新しい釣り用のミトンをあみはじめました。選んだ文様は、ディエウスと呼ばれる偉大な神さまです。

三角は地球の屋根を、その上についている点は空をあらわし、問題をかかえているときに力を与えてくれる神さま、いってみれば、神さまの中の神さまが、ディエウスなのです。

マリカは、黒い地色にオレンジを使ってディエウスの文様をきざみました。ふだん、ヤーニスのミトンには、なるべく落ち着いた色を使ってきたのですが、今回は、あえて強い色を選びます。

黒は闇を、そこに浮かぶオレンジ色は希望をあらわし、ヤーニスがどんなに困難な場面に直面していても、決して希望を失いませんように、というマリカの強い願いが込められていました。

そのミトンをあんでいる間、マリカにはヤーニスのことしか頭にありません。ただひたすら、ヤーニスが無事に帰ってきて、また大好きな釣りができることだけを祈ったのです。そういう思いは、きっとヤーニスにも届くはずです。

初雪が舞うころに完成したその釣り用のミトンは、今まででもっともすばらしい出来栄えでした。マリカは最後、手首のまわりにふちかざりまでつけて、美しくいろどったのです。目が細かく、複雑な文様もくっきりと浮かびあがっています。これならきっと、ミトンをあむのが上手だったおばあさんに見せても、ほめてもらえるに違いありません。

マリカは、まさか自分がこんなに美しいミトンを作れるようになるとは、思ってもみませんでした。

なんといっても、マリカは、ミトンをあむのが大きらいな女の子でしたから。十二歳で受けた手しごとの試験も、本当にギリギリのところで合格点をもらえたのです。

そのことを思い出して、マリカはくすりと笑いました。

久しぶりに、マリカに笑顔がこぼれた瞬間です。


ヤーニスが連行されて最初の冬、それはいつになく寒い冬でした。

寒いなんて言葉じゃ、ぜんぜん足りません。体がしびれるのです。ルップマイゼ共和国の全土で、こごえ死ぬ人が続出しました。

マリカは、気が気でなりません。だって、氷の帝国はもっともっと寒いのです。氷の帝国は、文字通り、頑強な氷でおおわれた凍土です。ヤーニスからは、その後何も音さたがありませんでした。

家の中には暖炉がありますので、多少は寒さをしのぐことができます。けれど、春まで薪をもたせなくてはならないことを考えると、むやみにくべることもできません。

ヤーニスが不在になってから、マリカは、人には特別な温もりがあることを思い知りました。真冬でも、ヤーニスといっしょだったら、ベッドの中があたたかかったのです。けれど、ひとりで入るベッドは、いくら時間がたっても冷たいままです。

一年でもっとも寒さが厳しくなるのは、冬至をすぎたころですが、その時期になると、ふたりは裸になって、ぴったりと肌と肌を寄せ合って眠っていました。

そうすると、どこまでが自分の体で、どこからがそうでないのかわからなくなるくらい、ふたりの温もりがひとつになります。長くて寒い夜を、ふたりはそうすることでやり過ごしてきたのです。

マリカは、うまれてはじめて、たったひとりきりで新年をむかえました。

家の中には、クリスマスツリーもありません。

ヤーニスのいないお正月は、なんてつまらないのでしょう。ヤーニスこそが、マリカにとっての太陽だったのです。しずかだけれど、とっておきの太陽です。

マリカは、つらくて、さみしくて、心細くて、何度も天井を見あげてぼんやりしました。

太陽は、どこへ行ってしまったのでしょうか。自分が生きているのか、死んでいるのかも、わからなくなりそうなのです。

そんなときは、かつてヤーニスが作ってくれたはちみつキャンドルに火をともして、心をあたためます。ヤーニスがていねいに作ったはちみつキャンドルは、やさしい炎であたりをふわりと照らしました。

どんなに大きな声で歌っても、ひとりでは楽しくなれません。おどりたくても、相手がいないのです。

マリカは、あたたかい春が来るのを待ちわびました。

だって、春になれば、コウノトリ夫妻がやってきます。去年の春も、コウノトリ夫妻はふたりの庭にやってきて、卵をうみ、子育てをしてから、アフリカの地へと帰っていったのです。

ですから、マリカは早くコウノトリ夫妻に会いたくてなりません。ヤーニスが不在の今、マリカにとって家族と呼べるのは、コウノトリ夫妻だけなのです。

けれど、スミレが咲いても、ヒナゲシが咲いても、朝顔が咲いても、コウノトリ夫妻は姿を見せませんでした。もう、季節は春をすぎて、初夏をむかえる準備をはじめています。こんなこと、これまで一度だってありません。

コウノトリ夫妻の身に、何かあったのでしょうか。どちらかが、怪我をして飛ぶことができなくなってしまったとか。それとも、ついに仲たがいして、お互いに別のパートナーを見つけてしまったのでしょうか。

マリカは、毎朝窓の外を見るたびに、コウノトリ夫妻の姿を探しました。けれど、とうとう向日葵が咲いても、コウノトリ夫妻はふたりの庭にあらわれなかったのです。

これまでは、コウノトリ夫妻が春をはこんできてくれたわけですから、マリカの心は、ずっと冬のままでした。

さらにおいうちをかけたのは、ミツバチです。

ある日、マリカがミツバチの巣箱を開けてみると、ミツバチが一匹残らず死んでいました。あまりに寒かったので、冬をこすことができなかったのでしょう。やっぱり、ヤーニスでなくては、ダメなのです。

マリカは、死んだミツバチのなきがらをすべて、りんごの木の下に埋葬しました。ミツバチたちもまた、ヤーニスという親をなくし、みなしごになってしまったのです。

きっと、コウノトリもミツバチも、家にヤーニスがいないことを知ってしまったのかもしれません。

マリカはあらためて、ヤーニスの偉大さを思い知りました。すべては、ヤーニスが支えてくれていたのです。みんな、ヤーニスに好意をよせ、会いにきてくれていたのです。それでも、たまにハリネズミが顔を見せてくれることが、マリカにとってはささやかな救いとなりました。

ハリネズミは、ちょこまかと物めずらしそうに庭を物色し、小屋の中にかくれます。それはかつて、ヤーニスがハリネズミのために作ってあげた、雨宿りするための小屋でした。あのころはなんていい時代だったかと、マリカはしみじみとそう思うのです。

けれど、ミツバチが全滅してしまった以上、マリカは何かほかの手を考えなくてはいけません。

思いついたのは、毛糸でした。

家には、ヤーニスの両親からゆずりうけた羊が、たくさんいます。その毛を使って、毛糸をつむごうと考えたのです。

これまでは、お店で毛糸を買っていました。けれど今、いい毛糸はなかなか手に入りません。たとえ手に入っても、昔ながらの自然の色と違い、工場で大量生産された人工的な色なのです。

マリカは昔、おばあさんがあんでくれるミトンの色が好きでした。見ていると、なんだかホッとして、やさしい気持ちになる、そんな色合いだったのです。

マリカは、そういう色の毛糸を自分の手でつむいでみようと思いました。そうと決めたら、すぐに行動せずにはいられません。なんといっても、羊たちの毛を刈るのは、春がいちばんなのです。

けれど、なかなか簡単にできる作業ではありませんでした。

マリカが羊の毛を刈ろうと近づくと、羊はすぐにそれをさっして、遠くへ逃げてしまいます。

困り果てたマリカを助けてくれたのは、近所の男の子たちでした。数人がかりで羊をおさえこみ、すばやくていねいに毛を刈ります。その毛を、川の水で洗ってきれいにするのです。

マリカは、冷たい水で、じゃぶじゃぶと羊の毛を洗いました。川の水からは、雪や森の香りがします。何度も水をかえながら、石けんを使って洗うのです。石けんは、もちろんヤーニスの作ったはちみつ石けん。ですからこの毛糸は、マリカとヤーニスの合作です。

洗い終わった毛糸は、ひなたに干してかわかします。

黒羊からは黒い毛が、白羊からは白い毛がとれました。ただ、白といっても、柔らかな白です。黒い毛はそのまま黒の毛糸になりますが、白い毛は、白い毛糸として使うほか、植物などを使って色をそめることができるのです。

マリカは、何度も失敗をくり返しながら、少しずつ、染色のコツを身につけました。

ピンクと緑は、赤カブを使うときれいにそまります。

うすいオレンジは、玉ねぎを使ってそめます。

クリーム色は、マーガレットを使うとうまくそまりました。

黄緑と緑と灰色は、すべて白樺の葉っぱでそめます。

茶色は、ハンノキ。紫は、ブルーベリー。鮮やかな黄色は、キノコを使うといいこともわかりました。

そして、冬の夜のような濃紺は、藍を使ってそめあげます。

これらは、マリカが何年にもわたって試行錯誤をくり返し、研究した結果です。それでもうまくいかないときは、予想とは全く別の色にそまってしまうのです。

けれど、そこがまた面白いのだと、マリカは思いました。いつの間にか、マリカもヤーニスと同じように、気が長くなっていたのです。

色をそめた毛糸は、きゅっとまとまっていますから、それをほどくのも大事なしごとです。

この作業を、マリカはよくりんごの木の下のブランコにのりながらやりました。ヤーニスがすわっていた場所に、毛糸のかたまりを置いてしごとをします。

ただ指先を動かし毛をほぐすだけなのですが、これがなんとも心地よい作業でした。ミトンをあんでいるときの気持ちにもにていますが、ちょっと違います。もっともっと、心が広々として、おおらかになれるのです。

かたわらの水筒には、ぼだい樹の花のお茶が入れてあります。これはかつて、湖へのヴァカンスのおともをしてくれた水筒です。いつも、ヤーニスはこの水筒に白樺ジュースをたっぷり入れて出かけるのでした。

どんなに遠くへ泳いでいっても、ふと顔をあげると、必ずヤーニスと目が合いました。いつだって、ヤーニスはマリカを見ていてくれたのです。

だから、きっとヤーニスは、今も自分の方を向いて見守ってくれているに違いないと、マリカはそう確信するのです。とても遠くはなれているので、お互いに目で見ることはできないけれど。そうに決まっています。

だってふたりは、愛し合っているのですから。スイカズラの花言葉で、しっかりと結ばれているのです。

マリカは日がな一日、ブランコにゆられながら羊の毛をほどきます。そうやって丸まっている毛先をまっすぐにし、毛にからまっている枯れ草や小石をとりのぞくのです。

この作業を、面倒くさがらずにやると、毛糸は空気を含んでふっくらとし、柔らかくなりました。同時に、指先の脂が毛糸に移るため、水をはじく効果も期待できるのです。気が遠くなるような作業ですが、マリカは手を動かしながらもうひとりの自分とおしゃべりできるので、少しも苦にはなりません。ヤーニスとの思い出なら、たくさんあります。

空気を含んでふわふわになった毛糸は、機械にかけてつむぐと、細長い毛糸になりました。コツさえつかんでしまえば、あとは目をつぶってだって切れずに長い毛糸がうみだせます。

十二歳で受けた手しごとの試験にも、糸つむぎの課題がありましたっけ。当時、マリカはにわか勉強をしてなんとか試験に合格したのですが、今となっては、あのときに手しごとのわざをまがりなりにも身につけておいて、本当によかったと思うのです。

マリカはすっかり、自然の色でそめた毛糸のミトンが好きになりました。いい毛糸であむ、という出発点をおろそかにすると、どんなに心を込めてあんでも、すてきなミトンにならないことに気づいたのです。

若いころは、もっと派手な色にひかれました。でも、今はそういう色を見るだけで、なんだか疲れてしまいます。

自然の色でそめた毛糸を使って、マリカはヤーニスのミトンをあみました。ヤーニスの手の大きさを思い出しながら、そのときに思い浮かぶ文様をあんでいきます。

ヤーニスだけでなく、近所の人や、友人、親戚にもあんでプレゼントします。

マリカは、最初にだれにプレゼントするかを決めました。それから、毛糸の色や文様を選びます。そして、あんでいるときはその人の幸せを祈るのです。

病気をしている近所のお年寄りには、病気が早く治りますように、という願いを込め、出産をひかえた友人には、無事に元気な赤ちゃんが誕生しますように、という気持ちを込めてあみました。

マリカは、気持ちよくあむことを心がけます。だから、徹夜なんてするのは、もってのほか。自分自身がすこやかな気分であむことが、相手もすこやかにすることだと信じているのです。

ですから、よく眠り、よく食べて、よく笑いながら、ミトンをあみます。以前のように、早くあむことにはこだわりません。それよりも今は、あむという行為そのものを味わいたいのです。結果ではなく、そこまでにたどりつく道のりそのものに意味がある、ということに、マリカはようやく気づいたのでした。

それに、あみものは、手の加減ひとつで出来がかわります。気持ちがささくれだっているときにあむと、手や肩がこわばり、あみ地がきつくなることがわかりました。逆にぼんやりしすぎても、手から力がぬけて[illegible]になってしまいます。気持ちを一定にしていないと、左右で大きさの違うミトンになりかねません。

　マリカはいつも、心のでこぼこをたいらにならすようなイメージを浮かべながら、ミトンをあみました。そして、ふとあんでいる手を休めては、目の前のミトンに語りかけるのです。

「気分は、どう？」

「今日はいいお天気ね」

「寒くない？」

　そうして、まわりの人みんなにミトンをあげると、今度は子どもたちのためにあみました。親をなくし、みなしごになってしまった子どもたちです。

　マリカもそうでしたが、ルップマイゼ共和国の女の子は、ながもちいっぱいのミトンを準備できないと、およめに行けない決まりなのです。けれど、みんながみんな、自力でミトンをあめるわけではありません。

　母親をなくした娘もいるでしょう。マリカのように、どうしてもミトンを自分であめない女の子も、きっといるはずです。

　幸い、マリカにはおばあさんがいました。けれど、だれもが身近に、ミトンのあみ方を教えてくれる先生がいるとは限りません。

　だから、マリカはそれを手伝ってあげるのです。そのことが、マリカの新たないきがいになりました。

マリカとヤーニスに血のつながった子はできませんでしたが、そのかわり、マリカはたくさんの娘たちのおかあさんになることができたのです。ミトンが縁で、これまで知らなかった女の子たちと、仲よくなれるなんて、最高です。

マリカの家には、たくさんの娘たちが集まるようになりました。植物たちのくらす温室が、ミトンあみの教室になります。この部屋はかつて、マリカとヤーニスが、自分たちの子どものために用意した子ども部屋でした。たくさん子どもがうまれてもあわてずにすむよう、広くとっていたのです。

マリカは、やっぱりその考え方は正解だったのだと思いました。広い温室があったおかげで、たくさんの娘たちを家に呼ぶことができるのです。

それに、屋根をガラスにかえたことで、自然光がたっぷり入ります。ミトンをあむのに、これ以上の環境はありません。

それを思うと、マリカは幸せな気持ちに包まれました。そして、やっぱり自分の人生は、豊かで恵まれていると思えるのです。

春が来て、夏がすぎ、秋が訪れ、冬をむかえます。

春、夏、秋、冬。春、夏、秋、冬。

マリカは、いくつもの季節を過ごしました。もう、ヤーニスを送り出してから、五年の月日がたっています。マリカは、三十五歳になりました。

それは、夏至祭をむかえる前日のこと。郵便配達の青年が、自転車にのって小包を届けにやってきたのです。

マリカは最初、お礼の手紙だろうと思いました。そのころ、マリカがミトンをあんでプレゼントしていた女の子たちから、手紙が届くようになっていたからです。

けれど、裏を返すと、知らない差出人からでした。しかも、そこには氷の帝国の住所が書かれています。名前も、ルップマイゼ共和国にはないような複雑なつづりです。

知らない人から届いた小包を、開けるわけにはいきません。けれど、宛名にはたしかに、マリカの家の住所と名前が書かれています。

とりあえず、マリカは小包をテーブルの上に置きました。それからお湯をわかし、ぼだい樹の花のお茶をいれます。ちょっと風邪ぎみだったので、マリカはそこにスプーン一杯のブルーベリージャムをたらしました。

ティーポットからカップにお茶を注ぐと、ふわりと甘い香りが立ちのぼりました。ひとくち飲んで、ゆっくりと息をはきだします。それから、引きだしに入っているペーパーナイフを取り出します。

新聞紙に包まれて中から出てきたのは、泥だらけのミトン。しかも、左手だけでした。

間違いなく、ヤーニスのミトンです。氷の帝国に連行されるとわかったとき、夜なべしてマリカがあんだものでした。泥の向こうに、馬屋神の文様が見えます。

ミトンといっしょに、手紙がそえられていました。

しんあいなるマリカさま。
はじめまして。
わたくち、こうりて
こくにすんでいます。
このてぶくろ、ちかくのどおろにお
ちてありました。
てぶくろのなか、かみがはいって
いたのです。
あなたのおなまえと

じゅうちょが、かいてありました。
あなたえ、
このてぶくろおおくります。

文章には、つづりの間違いが数多く見受けられます。きっとこの差出人は、辞書をひきひき、この短い文をいっしょうけんめい書いてくれたに違いありません。

こんなぼろぼろのミトン、そのまま見て見ぬふりをすることだってできたのに……。

この人は、わざわざ拾って、見ず知らずの相手であるマリカのためにミトンを送ってくれたのです。

そのことを想像すると、マリカは涙があふれてなりませんでした。

マリカはずっと、氷の帝国をにくんできたのです。氷の帝国の人たちを、やばんで恥知らずで、らんぼうな人間だと思ってきました。人の国を横取りし、平気な顔をして生きていると。

けれど、そうではありませんでした。氷の帝国にも、マリカと心を通わせることのできる、やさしい人がいるのです。

マリカは、声をはりあげて泣きました。わざわざミトンを拾って家に持ち帰って送ってくれた、氷の帝国の親切な人のやさしさに触れて、涙がとまらなくなったのです。

マリカは、敵国に住むその人から、そっと肩をなでられているような気持ちになりました。そしてふと、氷の帝国の人たちもまた、自分たちと同じようにつらい思いをしているのかもしれないと、今まで想像もしなかった考えが、ぽっと頭に浮かんだのです。

ようやく涙がおさまってから、マリカはそっと、ヤーニスのミトンに自分の左手をさし入れました。そこに手を入れれば、ヤーニスの手のひらと再会できるような気がしたのです。

マリカはゆっくりと、ミトンの中で指をのばします。そうしていると、まるでヤーニスが、自分の手を包みこんでくれているような気分になります。

マリカは、ヤーニスと手をつないで歩いたことを思い出してうっとりしました。手をつないで歩くなんて、あまりに当たり前すぎて、ヤーニスとはなればなれになるまで、それがかけがえのない愛しい行為だったということを、知りませんでした。マリカは、ぎゅーっと、ミトンを強くにぎりました。

すると、マリカの指先に何かが触れたのです。マリカは、ゆっくりとそれを取り出しました。

ミトンの中に入っていたのは、うすっぺらいものと、丸くてかたいものです。

うすっぺらいのは、葉っぱでした。ところどころ壊れてしまっていますが、どうやら柏の

Paldies!
vējš austā
kas kāpās
pēc talem
Ne slēpties
Tu lauzi
Vēl ciņa
Vēl līgās
Ik zarāpr

葉っぱのようです。その表面には、ぽつぽつと小さな穴があいていました。

マリカは最初、それらの穴をただの虫食いのあとだと思ったのです。けれど、じっと見ているうちに、そうではないことに気づきました。

柏の葉っぱを、ゆっくりと光の方へかざします。


Paldies!《ありがとう》


ヤーニスのやさしい声が、その葉っぱから聞こえてきました。

もう、手元に書くものがなかったのでしょう。葉っぱに穴をあけて、文字をきざんでくれたのです。

その瞬間、マリカはヤーニスに会いたくて会いたくて、たまらなくなりました。今すぐヤーニスの元にかけよって、両手でひしと抱きしめたくなったのです。ヤーニスへの愛おしさが、込みあげてきました。

マリカは、ヤーニスを抱きしめるかわり、目の前のトチの実を両手で包みこみました。

柏の葉っぱといっしょにミトンに入っていたのが、ころんとした茶色いトチの実でした。きっと、ヤーニスが見つけて、プレゼントしてくれたのでしょう。トチの実は、ポケットに入れておくといいことがあるといわれているのです。

マリカはさっそく、そのトチの実をエプロンのポケットにしのばせました。それだけで、なんだか腰のあたりがあたたかく感じます。

マリカはあらためて、ミトンを送ってくれた氷の帝国の住人に感謝の気持ちをささげました。その人の善意がなければ、マリカはヤーニスのミトンと、再会できなかったのです。

その夜も、マリカは少し多めに料理を作って、ヤーニスのために残しておきます。姫ウイキョウの種が入った白いチーズも、たくさん作りました。

冷たいビーツのスープも作ってあります。

イチゴのデザートも用意します。

すべて、ヤーニスと盛大に夏至祭をお祝いするためです。

マリカにとって、片方だけのミトンは、決して、もうヤーニスがこの世に存在しない証にはなりませんでした。

むしろ逆です。そのミトンは、ヤーニスが生きている印。

マリカは、そう信じることにしたのです。

あくる朝、マリカは、よごれたミトンをはちみつ石けんできれいに洗いました。それから、ミトンにできた穴やほつれを、たんねんに糸でぬいなおします。

〈ありがとう〉の言葉がきざまれた柏の葉っぱは、一冊の詩集の間にはさみました。

それは、ヤーニスが連行されるとき、寝室にあるサイドテーブルの上に置かれていたノート。

マリカは、ヤーニスがときどき、ノートに何かを書きつけているのを知っていました。けれど、本人が何も言わないので、マリカも、知らないふりをしていたのです。

そこには、ヤーニスによる自作の詩がつづられていました。ヤーニスの、魂のささやきです。

マリカは、その詩集にはさんだ柏の葉っぱを、ときおり取り出しては、光の方へかざします。そうするとふたたび、マリカの胸に希望の灯がともるのです。

# 最終章　ミトン

マリカは、あいかわらず、毎日のようにミトンをあんでくらしています。マリカにとって、ミトンをあむことは、生きること。息をすったりはいたりすることと同じくらい、自然な行いになったのです。

マリカは、四十九歳になりました。マリカのおばあさんといっしょです。ルップマイゼ共和国は、氷の帝国に併合されたままです。

数えると、ヤーニスが家を出てから、十九年がたちました。マリカは、目を閉じて、五十歳になっているだろうヤーニスの姿を想像します。

白髪がふえているかもしれません。しわができているかもしれません。場合によっては、もう腰も曲がっているかもしれません。

けれど、ヤーニスはヤーニスです。

マリカも、白髪がふえました。しわもたくさんできました。それに、おなかまわりにはたっぷりとしたぜい肉もあります。若いときは白樺の木のようにほっそりとしていたマリカですが、今ではぼだい樹のように立派です。

マリカはその日、森をめざして歩きました。

ヤーニスが、五十歳の誕生日をむかえたのです。ヤーニスは、六月うまれ。しずかな雨の日にうまれたと、以前、マリカはヤーニスのおかあさんから聞いたことがありました。

半世紀後の誕生日も、同じように雨がふっています。けれど、傘をさすほどの雨ではありません。むしろ、そっと思い出話を語りかけるようなやさしい雨です。

マリカがめざしていたのは、かつて、ヤーニスと愛の言葉をささやきあった、森の奥の礼拝堂です。けれどもう、あのころのように森の奥深くまで歩いていくことはできませんでした。道も、ほとんどわからなくなっています。

マリカは、家からさほど遠くない場所を選んで、あたりを見回しました。その場所だけ、ぽっかりと空があいています。マリカが空を見ていると、近くの梢から、何羽かの鳥が鳴き声をあげました。マリカは、胸の奥がすーっと凪いでいくのを感じていました。

「ここにしましょう」

マリカはそうつぶやくと、その場所に穴をほりはじめます。ある程度の穴が完成すると、マリカは、エプロンのポケットからトチの実を取り出しました。

ヤーニスが、左のミトンにしのばせて、氷の帝国からマリカにおくってくれたトチの実です。ルップマイゼ共和国では、トチの実をポケットに入れておくと、いいことがあるといわれているのでした。

マリカは、本当にずっと、肌身はなさず、ポケットにあのトチの実を入れていたのです。そのおかげで、マリカはすこやかな日々を過ごせたのかもしれません。

マリカは、トチの実を穴の底に置くと、上から少しずつ土をかぶせました。霧雨がふっているので、土はとても柔らかく、しっとりとぬれています。そのまわりには、かれんな草花が咲いていました。

風や、虫や、植物、その他の生きとし生けるものすべてが、マリカを見つめています。自らの意志でおしゃべりをやめたような、森はそんなしずけさをたたえていました。

マリカはもう一度、自分の手で礼拝堂を作ろうと考えているのです。

帰り道に、マリカはふと、幼いころに兄たちとかわした会話を思い出しました。

あれは、マリカが五つくらいだったでしょうか。クリスマスツリーにするトウヒを切りにお兄さんたちと森に来たとき、いちばん上の兄が、マリカにこう質問したのです。

「このクルミを、兄妹みんなが納得するように分けるには、どうしたらいい？」

マリカの足元には、ひと粒のクルミの実が落ちていました。

マリカは、大声で即答しました。

「土にうめる！」

お兄さんたちが、全員目を丸くします。けれど、マリカには自信がありました。

「クルミを土にうめて、大きくなって実がついたら、みんなでおなかいっぱいになるまで好きなだけ食べるの」

小さなひと粒のクルミを四人で分けるのではなく、マリカはその実は食べずに土にうめて、立派な実がつくまで待ち、そうなってからはじめて、みんなでおなかいっぱいになるまで食べようと提案したのです。

最初、お兄さんたちはあっけにとられていましたが、しばらくすると、それはいい考えだと思うようになりました。正解など、ないのです。

マリカは、もし今同じ質問をされたら、やっぱり同じように答えるだろうと思いました。自分がおなかをすかせているときも、目の前のクルミを食べるのではなく、がまんして土に植えて、大きくなってたくさん実をつけてから、ほかの人もいっしょにクルミを分かち合おうと考えるのです。それは、子どものころから少しもかわっていないのでした。

家に帰ったマリカは、椅子に腰かけ、コップに白樺ジュースを注ぎます。いつの間にか、コウノトリの巣もなくなってしまったようです。

窓の向こうで、紫色の紫陽花が雨にうたれているのが見えました。りんごの木の下のブランコも、雨にぬれそぼっています。

マリカは、窓の向こうの景色を見ながら、白樺ジュースを飲みました。マリカののどのまんなかを、さらさらとせせらぎが流れていきます。

白樺ジュースは、ヤーニスの大好物でした。ヤーニスは、これを飲むたびに、自分も白樺になったような気分になると話していたのを、マリカはふと思い出しました。

マリカは、その言葉をずっと冗談だと思って笑い飛ばしていたのです。けれど今、ようやくヤーニスの言っていた意味がわかりました。

たしかに、マリカも自分の体が一本の白樺の木に変身したような気がしたのです。それは、とても心地のよい感覚でした。

白樺ジュースを飲んでいるうちに、マリカはなんだか眠たくなりました。

ふだん、こんな時間にまぶたが重くなることなど、めったにありません。けれどもう、眠くて眠くてどうしようもないのです。

マリカは、ソファの上で横になりました。すぐに、深い眠りが訪れます。しとしととふる雨が、極上の子守唄となって、マリカをいやしてくれました。

どのくらい眠っていたのでしょう。

マリカは、ふと目が覚めました。どこからか、クワクレのすんだ音色が響いてきます。窓の向こうに、明るい光が見えました。マリカは、体を起こして外を見ます。

その姿に、思わず息をのみました。

雨あがりの空に、虹がかかっているのです。

地面がキラキラとかがやいていました。ブランコも、光っています。美しいお花畑が見えました。その奥には、森が広がっています。

そのすべてを、虹が淡く美しい光で包みこんでいるのです。

マリカは、自分は何も失っていないのだということに気がつきました。

ただ、変化しているだけなのです。

ヤーニスも、そう。いなくなってなど、いないのです。

風や、光や、雨や、虹や、土や、木に、姿をかえただけなのです。

この日を境に、マリカは料理を多めに作ることをやめました。

もうその必要はないのだと、ヤーニスが耳元でささやいたからです。マリカの耳には、以前にもまして、ヤーニスの声がはっきりと届くようになりました。

悲しみの涙は流れません。心に、さわやかな風が吹くだけです。


数日後、マリカははじめて、自分のためにミトンをあもうと思いたちました。これまで、

ミトンは人のためにあんでいたのです。ミトンはすべて、だれかへのプレゼントでした。

でも、今マリカがほしいのは、自分のためのミトン。自分の手をあたたかくするための、自分を美しくかざるためのミトンです。

マリカは、毛糸だなの前に立って、好きな色を選びます。

はじめに、うすい灰色の毛糸に手がのびました。次に、ピンクと緑を選びます。

マリカは、それらの毛糸を使って、花柄のミトンをあみはじめました。全体に小さな花がちらばっている、アールヌーボー調のかわいいもようです。これまで、そういう新しい柄には挑戦したことがありません。ずっと、伝統的な古い型のミトンばかりあんでいたのです。

マリカがあんだのは、りんごの花のもようでした。マリカもまた、数年前に両親をなくし、みなしごになっていたのです。りんごの花には、ミツバチがたくさんやってきます。ミツバチは、ヤーニスの使いです。

マリカは、少しずつ少しずつ、自分のミトンをあみました。本気を出せば、三、四日で完成させることができるのですが、それではもったいないと思うのです。

いつの間にか、マリカもまた、ヤーニスと同じように目に見えないものたちの声が聞こえるようになっていました。とりわけ、マリカは毛糸とおしゃべりするのが得意です。

心をたいらにならしてじーっと耳をすましていると、毛糸の声が聞こえてきます。

毛糸は、マリカにたくさん話しかけました。ときにはマリカが、お願いだから、今ちょっと集中したいので、黙っていてくれる？　と伝えなくてはいけないほど。

けれど、マリカは知っていました。

おしゃべりした時間が長ければ長いほど、毛糸は美しくかがやくのです。

マリカは、こうしている時間がたまらなく好きでした。だから、急いでミトンをあむのではなく、じっくりと時間をかけてあみたいのです。

秋の終わりごろに完成した花柄のミトンは、マリカにとって、とっておきのミトンになりました。

そのミトンをはめて村を歩くと、たくさんの人から声をかけられます。

ほめられると、マリカは少女のようにうれしくなりました。けれど、どんなにたのまれても、同じ柄のミトンはあみません。

これは、マリカだけのミトン。そう、決めているからです。

それからというもの、マリカは、毎日のように森に通いました。新しい礼拝堂を育てるためです。

土がかわいていれば、泉から水をくんできて、かけました。

「おいしい水を、たくさん飲んでくださいね」

そう地面に語りかけるマリカは、若いころのヤーニスそっくりです。

小さな芽が出てからは、強風にあおられて折れてしまわないか、動物が食べてしまわないかと、気が気でなりません。そんなマリカに、ヤーニスは決まって、まぁまぁまぁまぁ、マリカさん、なるようにしかなりませんから、としずかに語りかけるのです。

その冬は、とてもたくさん雪がふりました。ルップマイゼ共和国では、たくさん雪がふればふるほど、いい冬だといわれています。マリカも、久しぶりに凍った川の上でスケートを楽しみました。

そして、長い冬を終えたある春の日に、マリカは、地面からのびるしずくのような形の葉っぱを見つけたのです。葉っぱは全部で五枚ありました。春のやさしい光をあびて、つややかに光っています。

マリカは、家から椅子をはこびました。ちょっとした飲み物や食べ物を置くための台もあります。

かつて、ヤーニスが湖畔にねそべって湖で泳ぐマリカをながめたり、詩を書いたりしていたように、マリカもその場所で、お茶を飲んだり、ヤーニスの詩集を読んだりします。うたた寝をすることもありましたし、もちろん、ミトンをあむこともあります。

トチの木は、ぐんぐんと大きくなりました。かつては空ががらんとあいていたのに、年を追うごとに樹冠が大きく広がります。最初はマリカが守ってあげなくてはいけないほどか弱い存在でしたが、あっという間に逆転しました。今では、マリカを守ってくれるたのもしい存在です。

雨がふれば、その下で雨宿りができました。夏になると、強い日差しからマリカを守り、涼しさを分けてくれます。幹も頑丈です。もう、どんなにマリカが自分の体重をあずけても、幹はびくともしません。

トチの木は、冬の間から芽をふくらませ、春が来れば森のどの木よりも早く葉っぱを茂らせます。そして、一気呵成に花を咲かせるのです。

トチの木の花は、ろうそくの明かりのようでした。マリカはその姿を見るたびに、幼いころ、家族でかざったクリスマスツリーを思い出すのです。

それに、花には、たくさんのミツバチが訪れます。ミツバチを見ると、マリカはまるでヤーニスと再会したような気分になるのです。

夏のさかりになると、トチの木は緑色をした棘のある実をたくさんつけました。その殻の中に、ころんとした実がかくれています。そう、ヤーニスがマリカへプレゼントしてくれた、あの茶色い実です。

気がつくと、トチの木は見あげるほど立派な姿になっていました。あっという間です。マリカは、人生といっしょだと思いました。マリカの人生も、あっという間にここまで来たのです。


十年がすぎ、二十年がすぎました。

マリカはもう、どこからどう見てもおばあさんです。どんなときにも明るくふるまうマリカは、村の名物おばあさんになりました。マリカのあむミトンは、美しくてあたたかいと大評判です。近ごろは、遠方からも、マリカのあんだミトンがほしいと見知らぬ人が訪ねてきます。

そんな来客を、マリカは心からもてなしました。

お菓子を焼き、薬草茶をいれ、ときには料理までふるまいます。宿がなくて困っていれば、家にとめてあげることもありました。植物たちの温室が、ゲスト用の部屋に早変わりです。だって、そういうとき、必ず耳元で声がするのです。ヤーニスの、清らかな声が聞こえるのです。

マリカさん、とめてあげましょうよ、って。

そうですね、とマリカもしずかに答えます。

とまり客があるたびに、マリカは決まってシマコーフカを開けました。そして、とびきりおいしいごちそうを、食卓いっぱいに並べるのです。

シマコーフカを飲むと、だれもがふだんは言えない冗談を口にしました。そのたびに、みんなでおなかをかかえながら笑います。そうするとまた、どこからか、ヤーニスの笑い声が聞こえます。マリカはその声を聞くだけで、なんだか生きていける気がしてくるのです。

マリカの目じりには、しっかりと笑いじわがきざまれました。口の端も上を向いているので、マリカはふつうの顔をしていても、どこか笑っているように見えます。

けれど、誤解してはいけません。

ルップマイゼ共和国は、まだまだ冬の時代がつづいていました。本当に、現実はひどいものだったのです。人が殺されたり、どこかへ連れていかれたり、らんぼうされたり、そんなことが日常茶飯事でした。

そんなたいへんなときに、マリカがどうして笑っていられるのか、ふしぎに思うかもしれません。

マリカだけではなく、ルップマイゼ共和国の人々は、つらいときこそ、思いっきり笑うのです。

だって、泣いていても何も生まれないじゃないですか。けれど、笑っていれば、自分よりもっとつらい思いをした人たちを、勇気づけることができます。悲しんでいたって、何もいいことなどありません。

そうやって、お互いにはげましあいながら生きているのが、ルップマイゼ共和国の人たちなのです。

村には、マリカの笑顔にはげまされた人たちがたくさんいました。

マリカに、ミトンをあんでもらった女性も大勢います。だから、マリカの姿を見つけると、だれもがかけよってきて、言葉をかけます。マリカは、だれからも好かれていました。

近所にはお茶飲み友だちもいますし、力しごとが必要なときは、すぐにかけつけてくれる若いボーイフレンドもたくさんいます。毎日、だれかしらがマリカの家を訪ねてくれるので、さみしくはありません。むしろ、マリカの毎日はにぎやかです。

でも、ふとしたときに、ヤーニスが恋しくなるのです。ヤーニスは旅行中なのだと頭では理解していても、どうしようもなく会いたくなる瞬間がありました。

だって、マリカは、ヤーニスが大好きだったのです。今も、その気持ちは色あせることがありません。むしろ、愛情はより深まっています。

ルップマイゼ共和国が独立をとりもどしたのは、マリカが七十歳のときです。長すぎるくらいに長かった冬の時代が、ようやく終わりをむかえました。ルップマイゼ共和国は、ふたたび平和な時間をとりもどしたのです。

ほどなく、マリカは村の合唱団に入りました。本当は、ダンスの方がよかったのですが、もう若いころのようにすばやく体を動かすことができません。第一、マリカのおどりの相手は、ヤーニス、ただひとりだけなのです。

マリカは、ときどき自ら育てた森の礼拝堂に行って、あみものをしました。けれど、あむのはもうミトンではありません。家に残されているミトンをほどいて、コースターやなべしき、ティーポットのための小さなカーディガンにあみかえるのです。

せっかくヤーニスのためにあんだミトンをほどいてしまうのは、もったいないという人もいます。けれど、マリカにとっては、使われないことの方がもったいないと思うのです。

あんなに苦労してあんだ釣り用のミトンも、マリカはいさぎよくほどきました。それでも毛糸があまったら、毛糸をつないで、マリカはカード織で織りひもをあみました。

羊たちは、にぎやかに、マリカに話しかけます。マリカはその声を聞いて、毛糸もよろこんでいるのだと感じていました。

織りひもができると、マリカはトチの木に結んであげました。だからトチの木は、遠くから見ると色とりどりの洋服をきているように見えます。トチの木が、マリカに愛されている証拠です。

手元には、自分のためにあんだりんごの花もようをちりばめたミトンと、ヤーニスのかたっぽだけのミトン、それに自分のお葬式に使ういくつかのミトンだけを残しました。

あとのミトンは、すべて形をかえて、それをほしいと言ってくれる人たちの元へ送り出します。マリカは、せっかくつむいだ毛糸をむだにしたくなかったのです。

最後に、マリカはヤーニスが残したかたっぽだけのミトンも、ていねいにほどきました。

それから、もう一度、同じ毛糸を使って、自分の手の大きさに合わせてあみなおしました。

そして、残った毛糸を使って、くまのぬいぐるみをあんだのです。それが、マリカの人生の、最後のあみものとなりました。


ルップマイゼ共和国の再独立から七年後、マリカもまた、しずかに旅立ちました。

民族衣装をきたマリカの手には、ヤーニスの、かたっぽだけのミトンがはめられています。

ふたりは、手をつないで旅立ったのです。


「Paldies!」

というのが、マリカの最後の言葉となりました。

その言葉で人生を終えることのできたマリカは、やっぱり幸せな人生だったのでしょう。

マリカも、そしてヤーニスも、すばらしい人生を送ったのです。

マリカが誕生した日、おとうさんと三人のお兄さんたちは、森へ行ってクリスマスにかざるトウヒを切って家の中にはこびました。

おじいさんは、ヤナギのベビーベッドに毛布をしいてくれました。

おばあさんは、小さなミトンをあみはじめました。

そしておかあさんは、マリカの誕生を祝福して、おいしい黒パンを焼いてくれました。そのとき、おかあさんはライマの文様をつけたのでした。

うんと長生きして幸せになること。それが、マリカに対する家族みんなの願いでした。

マリカの人生は、その通りになったのです。たいへんな時代を生きたマリカでしたが、それに負けることはありませんでした。マリカは、笑顔で人生を終えたのです。

もうすぐ、ルップマイゼ共和国は、建国から百周年をむかえます。

マリカも、生きていれば百歳です。

どこかで、くまのぬいぐるみを見たら、立ちどまってください。そのくまは、赤いワンピースをきていませんか？

だとしたら、それはマリカのおばあさんが、マリカがうまれたときにぬってあげたミトンの毛糸が、使われているのかもしれません。

イラストエッセイ

# ラトビア

## 神様が宿るミトンを訪ねて

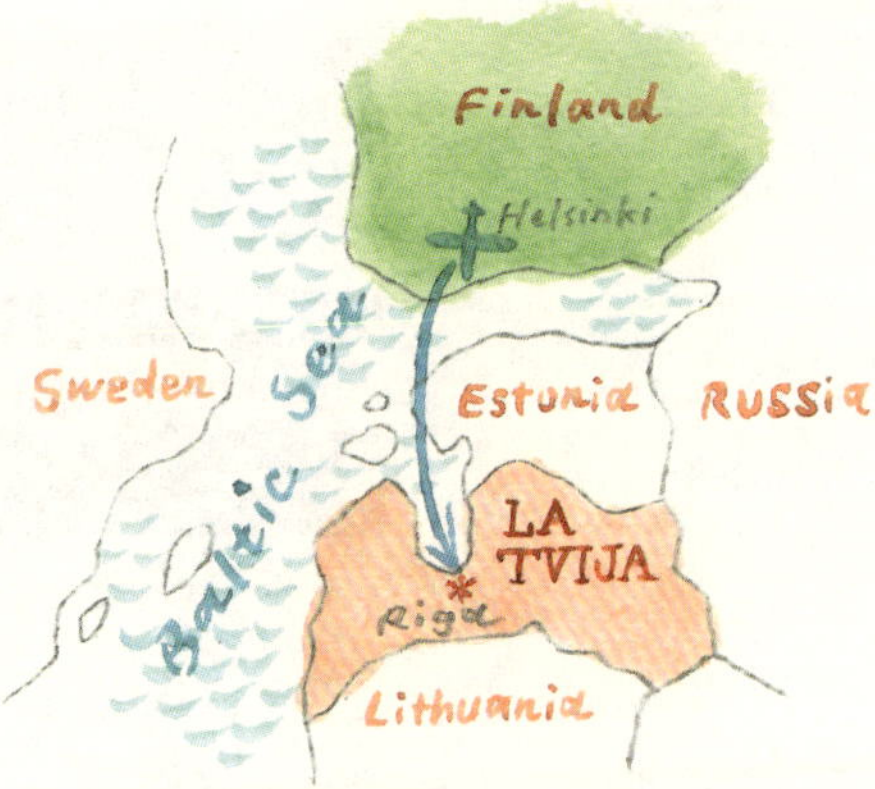

ezers みずうみ

ラトビアの人にとって湖は身近なもの。同行していたインタさん、いきなり水着に着替え静かな湖面に吸い込まれるようにゆったり身をまかせ泳ぐ姿は印象的だった。

その国には、美しい手袋をはめる文化があるという。

その手袋は、土地の言葉で、ツィムディ。私たちは、ミトンと呼んでいる。

ミトンは、防寒具としてだけでなく、お祭りの時の特別な装身具として、人々を華やかに飾るもの。いくつもの文様があり、色使いも独特だ。結婚する時は、ながもちいっぱいのミトンを編んでお嫁に行くとか、知れば知るほどミトンの森は奥深く、不思議なことだらけ。そんなミトンに触れたくて、編んでいる人に会いたくて、ミトンの国へ旅立った。その国の名は、ラトビア。バルト三国のひとつで、

logs
まど

家の窓辺には外に向かって花が飾られ、美しいレースのカーテンとともに道行く人を愉しませてくれる。

ラトビアの家は
色使いもかわいらしい。
そしてどこの家の庭も
手入れした木々がいっぱい。
māja
いえ

人口わずか二百万人ほどの小さな国だ。

二〇一五年七月、ヘルシンキで小さなプロペラ機にのりかえて、ラトビアの首都、リガに降り立つ。町は、想像以上に明るかった。そして人も、底抜けに明るい。夏至祭を終えたばかりで、太陽は夜遅くまで空を照らす。陽はさんさんと輝き、人々はよく笑う。それが、ラトビアの第一印象だ。

ラトビア人の多くが信じるラトビアにおける自然信仰は多神教で、日本における八《や》百万《およろず》の神のように、木や石や土や火など、あらゆるものに神さまが宿る。ヨーロッパでも唯一、世界的にも珍しい。その

言葉はまったく
わからなかったけれど、
笑顔からぜんぶ伝わって
きた気がする。

## dāvana
おくりもの

素敵な庭のおばあさんがくれた瑞々しい苺とつみたての花。ラトビアの人は惜しみなく与えることをとても大切にしている。

せいもあるのか、ラトビア人と日本人は、どこか感覚的に相通じるところがある。日本人には、とても親しみやすい国だ。

　リガを離れ、ラトガレ州に行った時のこと。小さな集落を散策していたら、向こうから、平澤まりこさんが笑顔でやって来た。手に、何かを抱えている。それは、大きな花束。家の前で写真を撮っていたら、その家のおばあさんが、庭に咲く花を分けてくれたのだという。しかも、一緒につみたての苺まで！　ラトビアにも、日本と同じくおもてなしの心があり、来客には家の中でもっともよいものをふるまう習わしだという。

## istaba へや

部屋の中には機《はた》があり、子どもたちは小さなころから暮らしの一部として親しみ学んでいく。日々の中で母から娘へと多くの知恵が受け継がれる。

## dūraini ミトン

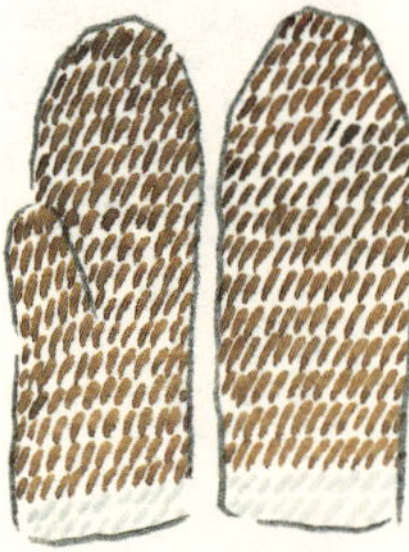
はじめは単色でカンタンなものを編むそう。
素朴でこれもステキ。
上部は黒ヒツジ、下部は白ヒツジの毛。

## josta おび

ラトビアにおける自然信仰のシンボルが編み込まれた特別な帯、リエルワールデ帯は自分の守り神を知るための儀式に使う。

木造りのかわいい家の庭には、美しい花が咲きほこっていた。その花で、人々はかんむりを編んだりする。そしてその庭には必ず、柏の木と菩提樹と、林檎の木が植えてある。

　柏は男性の守り神、菩提樹は女性の守り神、林檎は孤児の守り神とされているのだ。これに白樺を加えた御神木は、決して切らない。御神木以外の木を切る時も、幹の周りに織りひもを巻き、木の神様に謝ってから倒すという。

　私は、すっかりラトビアに魅了された。こんなにも美しい心で謙虚に生き、笑顔の似合う人たちがいるということが、驚きだった。

女性は結婚する時、自ら作ったミトンやくつ下、帯などをこんなながもちいっぱいにして嫁いでいく。中には嫁ぎ先の家族に贈るミトンなども。

ラトガレ州は、ラトビア発祥の地と言われている。そうやって、何千年も昔から、人々は賢く、慎ましやかに生きてきた。基本的な暮らし方は、今も昔も変わらない。自分たちの着る服は自らの手で糸を紡ぐことから始まり、それを一生大事に使う。衣類だけでなく、カゴや器などの日用品も、自分で作る。そのための技は、親から子へと受け継がれ、学校でも習う。

もちろん、ミトンもそのひとつだ。最初はマフラーや帽子など簡単なものから練習し、十歳くらいからミトンを編み始めるという。

中でも特に大切なのが、結婚式のためのミトンだ。これは、男性

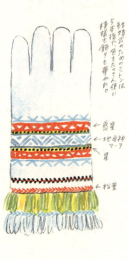

## ラトビアの文様

Dievs

ディエウス

神話で最も偉大で強い力をもつ神を表す。

Māra

マーラ

女性や母親を守護し健康をつかさどる女神。波を表している。

Saule

サウレ

太陽の女神。永遠の命と世界を動かす流れの象徴。

Laima

ライマ

運命をつかさどる女神。人々に幸運を連れてくる。

Mēness

メーネス

月の神様。戦士をまもり親を失った子どもを助ける。

Jumis

ユミス

豊穣と繁栄の神様。幸せと豊かな恵みを表している。

Auseklis

アウセクリス

明星神。悪いものから身を守る力がある。

Māras Krusts

マーラス・クルスツ

クロスは幸せをはこぶ。日用品に使うとマーラのご加護を得られる。

Kursta Zvaigzne

クルスタ・ズヴァイグズネ

井桁。神秘的な生命の源を表し、現世と黄泉、人と神を結びつける。

Ūsiņš

ウースィンシュ

馬とミツバチ、光の神様。人の絆を強め旅を加護する。

からプロポーズを受けた女性が、その返事として男性に贈るとされている。その昔、世界観や心を手芸で表現してきたラトビアの人々は、ミトンで、その気持ちを相手に届けたのだという。

結婚式のためのミトンは五本指で、腕まであり、しかもそこには複雑な文様や装飾を編み込まなくてはならない。相手の手にぴったりのミトンが編めると、その結婚はうまくいくと信じられている。

ミトンに編まれる文様はすべて、ラトビアにおける自然信仰の神々を表したもの。たとえば、マーラと呼ばれるジグザグの文様は地母神で、女性、とりわけ母と子を守

rupjmaize
ライむぎパン
豊穣神のシンボルをつけたライ麦パン。かみしめるとフルーツのような香りとやさしい甘みが広がる。
bērzs
しらかば
bērzs
雪どけ後ほんの少しの間だけ採ることができる白樺の樹液は春の恵み。匂いも渋みもなく、まるで澄んだ水のよう。

ってくれるといわれており、健康をつかさどる女の神さまだ。

　こんなふうに、それぞれの文様に意味があり、ミトンの作り手は、その文様をひとつ、またはいくつか組み合わせ、ミトンを編んでいく。それが、意識的、あるいは無意識のメッセージとなり、相手に伝わる。

　そしてこの文様は、ミトンだけでなく、そのほかの衣類や器、ときには食べ物にまで、あらゆる場所に登場するのだ。それくらい、ラトビア人にとって神さまはとても身近な存在で、暮らしの中に溶け込んでいる。

　パン博物館でいただいた黒パン

## Pankūkas パンケーキ

ヴィヤさんが手にしているのはアンズ茸とカボチャのパンケーキ。もちもちとしてほのかに甘い。

## gurķi きゅうり

丸々としたきゅうりを冷たい井戸水にしばらく浸し、黒スグリの葉やディル、ニンニクなどと漬けるピクルス。なんとも瑞々しく素朴で美味しかった。

には、二本の麦の穂が交差する豊穣神の文様が描かれていた。黒パンは、ラトビア人の食卓に欠かせないもの。ラトビア人にとっては、ソウルフードといえるのかもしれない。外国へ旅行する時も、スーツケースには黒パンを入れて旅先に持っていくそうだ。

パン博物館を主宰するヴィヤさんは、魅力的な女性だった。パンのこととなると話が尽きない。

曰く、食卓は神さまの手のひらで、パンは神さまが恵んでくれたごちそう。だから、常にポジティブな気持ちで、食べる人の平和や健康を祈りながら作る。ひとつのパンを通じて、食べる人同士が仲

良くなることを祈っているという。

ヴィヤさん自身の人生は、決して平穏ではなかった。ヴィヤさんだけでない。ラトビアに暮らす人たちは、多かれ少なかれ、歴史に翻弄され、波乱万丈な生き方を強いられてきた。なにせ、旧ソビエト連邦から再独立を果たしたのは、わずか二十四年前で、常に他国からの侵略や占領の辛苦を味わってきたのだ。その苛酷さたるや、日本人には計り知れない。それでも、ラトビアの人たちは明るく笑う。その理由を尋ねると、ヴィヤさんが言った。

だって、悲しんでいたって何も生まれないでしょう。自分たちが

zupa スープ
冷たいビーツのスープは
ラトビアの夏の味。
テーブルが一気に
華やぐ。
ogas ベリー
ベリーいろいろとカード(凝乳)の
デザート。採れたてベリーは
野性味があり、香りが強い。

明るい顔をしていたら、自分よりもっと辛い経験をした人たちが救われるのだもの、と。

滋味深い黒パンだけでなく、ラトガレ州でいただいたすべての郷土料理が、忘れられない。それらは皆、近くの森や湖の恵みだ。

硬くなった黒パンは、薬草や黒糖を混ぜてクワスという飲み物になる。鮮やかなピンク色をした冷たいビーツのスープは、刻んだゆで卵とディルが入って爽やかな味だった。夏至祭に食べるのは、キャラウェイの種がたっぷり入った白いチーズ。湖でとれる川かますは、夏だけの大ごちそうだ。そして、必ず最後に出されるのが採れ

みな自分の土地に伝わる
民族衣装をまとって歌い踊る。
その姿はとても誇らしげで美しい。

5年に一度開催される「歌と踊りの祭典」はラトビア人にとって何より大切なお祭り。今年は5年のまん中の年。青少年の祭典で、全国各地で予選を勝ちぬいた子どもたちがリガに集まった。

たての苺のデザートで、そこには手作りのアイスクリームや生クリームが添えてある。

そのどれもが、素朴でありながらも洗練されているのだ。これらの食べ物は、欧州の郷土料理遺産にも認定されるほど。清らかで美しいラトガレ州の伝統食には一切の無駄がなく、人々の慎ましくも満ち足りた生き方を物語っている。

けれど、ラトビア人にとって食べること以上に大切なのが、歌と踊り。ラトビア人は、歌うことと踊ることをこよなく愛する。鮮やかな民族衣装を身にまとい、老いも若きも男も女も、自分たちの歌を誇らしげに歌い、朗らかに踊る。

1 Primā diena
いちにちめ

初日は踊りの日。4、5歳から高校生くらいまでの子たちがとてつもない人数で一斉に踊る様子は圧巻！　その懸命な姿に思わず胸が熱くなる。

2 otrā diena
ふつかめ

歌の日。森林公園野外音楽堂には1万5千人もの子どもたちの大合唱が響き渡る。建国と独立回復のきっかけともなったこの祭典。その背景を思いながら聴いた会場全員の国歌斉唱に涙があふれた。

その姿を見ているだけで、自然と涙がこぼれてしまう。若者達による歌と踊りの祭典には、生きる喜びが溢れていた。

　最終日、祭典のパレードを見ていたら、ひとりの女の子が花束をくれた。花は押し花にして、ラトビア取材のノートに貼って持ち帰った。このノートは、もはや、お財布よりもパスポートよりもかけがえがない。

　およそ半世紀にわたってソ連に占領されていた時代、ラトビアでは、自分たちの歌を歌うことも、踊ることも、民族衣装を着ることも許されなかった。けれど、ミトンだけは咎められなかったのだ。

3 trešā diena みっかめ

最終日のパレードでは男性は柏の葉、女性はその朝摘んだ草花で作った花束を手にリガの街を練り歩く。澄んだ笑顔が眩しい。

ミトンなしでは寒くて冬をこせないから。だから、神さまが宿る美しいミトンは、ラトビア人の魂といっても過言ではない。

宝石箱のようにキラキラ輝くラトビアという小さな国で、物語のかけらを拾い集めた。そして、『ミ・ト・ン』という一冊の本が完成した。完成までに、私たちは三回、ラトビアを訪れた。そこで出会ったあの森を、風を、光を、湖を、人々の笑顔と優しさを、届けられたらと思っている。

Puškis はなたば

ブーケや花冠をつくるときは、
その時期その土地に生えている
27種の草花を用いる。
簡易バージョンは9種でも。

# 解説

森岡督行

出だしから、少し話が飛んでしまうようですが、著者の小川糸さんと挿画の平澤まりこさん、そして私には、山形という共通点があります。

小川糸さんは山形県山形市に生まれました。私は、山形市から車で20分ほどの距離にある寒河江市というところで生まれました。年齢も一歳しか違いません。

平澤まりこさんは、東京出身ですが、縁あって、２０１４年と２０１６年の山形ビエンナーレの仕事を担当しました。山形のガイドブックも出版されました。私も、２０１８年の山形ビエンナーレを担当し、「畏敬と工芸」という展覧会のキュレーションを行いました。

もともと山形ビエンナーレは、「東日本大震災の後、東北地方においてどのような芸術祭が可能か」を課題の一つにしました。そのため、私は、自然への敬いや畏れが、工芸のなかに、かたちとなって現れていないかを探りました。

例えば、子供の着物の背中にある「背守り」を考えました。「背守り」は、背中から邪気が入らないことを祈念して、自然の文様を縫い付けたものでした。放射能が子供の体内に入ることを怖れた親のこころと重なって見えたのでした。

だから、はじめて本書を手に取ったとき、表紙に描かれたミトンの文様に、きっと何か意味があるのではないかと思いました。親が子をおもうような何かが託されているのではないかと。

物語の舞台となるルップマイゼ共和国は、主人公のマリカが生まれた年に建国されました。そのため、マリカは、ルップマイゼ共和国と共に年齢を重ねることになりました。ルップマイゼ共和国では、女の子が12歳になると、ミトンをはじめとした手仕事の試験が行われました。

物語の最初の方でそのことが記述され、また、文様の説明もなされたので、私の問いはすぐに解決しました。すなわち、ルップマイゼ共和国には、「サウレ」、「マーラ」、「ウグンス・クルスツ」、「ユミス」と呼ばれる、目に見えない神さまがいて、それぞれのご加護が、簡単な文様であらわされるのです。ミトンは、暖をとるための手袋であるだけでなく、その人を守るお守りでもあるのです。

マリカは15歳のときに恋をしました。相手は、ダンスクラブでペアを組むヤーニス。マリカはミトンを編んで友人に頼んでヤーニスに渡しました。建国15周年のお祝いの式典にヤーニスはそれをはめて出席。これがお互いの気持ちを確認する証《あかし》となりました。二人は好んで森でデートをしました。ルップマイゼ共和国には豊かな森が広がっていました。その美しさについて、とりわけ冒頭の描写が印象的です。

「足元には、色づいた葉っぱやどんぐりがたくさん落ちていて、ところどころに銀色の霜柱もありました。そのため、森一面が銀の粉をふりまいたようにかがやいて見えるのです。」

森のなかのかがやきが、ミトンの文様に呼応し、神々のご加護が、二人をつつむイメージが広がりました。マリカが17歳のとき、二人は結婚しました。マリカは結婚式の参列者全員にミトンを手渡しました。その様子を描いた平澤まりこさんの挿画は、動物たちもミトンを携えています。森のみんながうたう、祝福のうたがきこえてきそうです。

しかし、幸せは長くは続きませんでした。マリカが22歳のとき、ルップマイゼ共和国は「氷の帝国」に支配されてしまいました。「氷の帝国」の支配は過酷で長引き、30歳のとき、ささいな理由で、ヤーニスも連行されてしまいました。ヤーニスが旅立つ日、マリカが編んだのは、馬屋神の文様でした。馬屋神は、人との絆を強くし、旅人を守ってくれるといわれていました。

でも、35歳になっても、50歳になっても、ヤーニスが戻ることはありませんでした。結局、戻ってきたのは、泥だらけの片方のミトンだけでした。しかし、マリカは、「氷の帝国」を恨んだりはしませんでした。なぜでしょう。

その理由の一つを、私は次のように考えました。ルップマイゼ共和国は、豊かな森に恵まれた国です。最終章以外の各章に、森の恵でつくられた料理の名前が入っています。物語は、ルップマイゼ共和国の料理の描写とともに進んでいきます。安直かもしれませんが、私は、食べているものがからだをつくり、そのからだが精神を育み、その精神が外側に出てくると考えています。

もしこれが正しいとすれば、ルップマイゼ共和国の料理は、どれだけ人々の心を豊かにしていることか。この観点から読んでいると、以下の文章にハッとしました。「ルップマイゼ共和国には、悲しい歌などありません。たとえ悲しい内容だとしても、笑いながら歌う。それが、ルップマイゼ共和国の精神なのです。」

嬉しいと悲しいは、表裏一体。私たちが生きるのは、善悪や美醜のある二元の世界。ならば嬉しさの方を積極的に見ていこう。この文から、このような気持ちのあり方を感じました。慈愛に満ちた料理が、慈愛に満ちたマリカの精神を支えていたと考えれば、戻ってきたミトンに生命を感じ、ひいては「氷の帝国」の人に思いを馳せ、許したことにも頷けます。

ルップマイゼ共和国が「氷の帝国」から独立を取り戻したのは、マリカが70歳のときでした。マリカはその7年後に旅立ちました。ルップマイゼ共和国は、バルト三国のラトビアがモデルになっています。ラトビアと日本は遠く離れていますが、ミトンの文様と背守りの文様に託した人々の気持ちにそう大きな違いはないでしょう。もしラトビアを訪ねたなら、物語に登場するような郷土料理を食べてみたいです。マリカのやさしさに、より触れられることを期待して。

——森岡書店代表

この作品は二〇一七年十一月白泉社より刊行されたものです。

## 幻冬舎文庫

●好評既刊
### ツバキ文具店
小川 糸

鎌倉で小さな文具店を営みながら、手紙の代書を請け負う鳩子。友人への絶縁状、借金のお断り……。身近だからこそ伝えられない依頼者の心に寄り添ううち、亡き祖母への想いに気づいていく。

●好評既刊
### ツバキ文具店の鎌倉案内
ツバキ文具店

代書のお礼に男爵がご馳走してくれた「つるや」のうなぎ。初デートで守景さんと食べた「オクシモロン」のキーマカレー。ツバキ文具店の店主・鳩子の美味しい出会いと素敵な思い出。

●好評既刊
### キラキラ共和国
小川 糸

『ツバキ文具店』が帰ってきました！ 亡くなった夫からの詫び状、憧れの文豪からの葉書、大切な人への最後の手紙……。今日もまた、一筋縄ではいかない代書依頼が鳩子のもとに舞い込みます。

●好評既刊
### 卵を買いに
小川 糸

素朴だけれど洗練された食卓、代々受け継がれる色鮮やかなミトン、森と湖に囲まれて暮らす謙虚で明るい人々……。ラトビアという小さな国が教えてくれた、生きるために本当に大切なもの。

●好評既刊
### 海へ、山へ、森へ、町へ
小川 糸

天然水で作られた地球味のかき氷（埼玉・長瀞）、ホームステイ先の羊肉たっぷり手作り餃子（モンゴル）……。自然の恵みと人々の愛情によって、絶品料理が生まれる軌跡を綴った旅エッセイ。

# ミ・ト・ン

小川糸《おがわいと》 文　平澤《ひらさわ》まりこ 画

令和元年12月5日　初版発行

発行人――石原正康
編集人――高部真人
発行所――株式会社幻冬舎
〒151-0051東京都渋谷区千駄ヶ谷4-9-7
電話　03(5411)6222(営業)
　　　03(5411)6211(編集)
振替00120-8-767643
印刷・製本―図書印刷株式会社
装丁者――高橋雅之



幻冬舎文庫

ISBN978-4-344-42918-5　C0193　お-34-16

幻冬舎ホームページアドレス　https://www.gentosha.co.jp/
この本に関するご意見・ご感想をメールでお寄せいただく場合は、
comment@gentosha.co.jpまで。